세상에 이런 일이

고 병 균 수필집

칠순 기념 (2015년 2월)

동산문학사

나에게도 이런 일이

淸心 고 병 균

수필집을 발간한다. 『세상에 이런 일이』란 제목의 수필집이다. 내가 말하는 '세상에 이런 일이'는 일상 중에 나를 감격하게 한 일이다. 그것은 내가 수필가로 등단한 일로부터 시작된다.

나는 계간 《공무원 문학》 2006년도 가을호를 통해 등단했다. 등단 작품은 '세상에 이런 일이'란 제목의 수필이다. '학교 공과금 100% 완납'이라는 교육적 성과에 감격하여 작성한 글이다.

심사위원은 '초등학교 교장으로 학교에서 일어난 일을 진솔하게 표현했다.'라고 칭찬하면서 나의 작품에 대하여 '문학적 장치가 필요하다.'라고 지적했다. 덧붙여 문학 작품이 되기 위해서는 그것이 꼭 필요하다고 역설했다.

'문학적 장치'가 무엇일까? 그것을 찾으려고 무던히 애를 썼지만, 도무지 감을 잡을 수 없었다. 어떤 선배 문인은 '문학적 장치'란 말 대신에 '문학성'이라고 말했다.

이랬던 내가 2015년 이후 무려 5권의 수필집을 발간했다. 그것들이 나를 감격하게 만든다.

첫 번째 수필집은 2015년에 발간한 『학교, 아이들이 행복한 세상 1』이다. 이 책의 내용은 2002년부터 2004년까지 3년 동안 초등학교 교감으로 교육했던 사례들로, 책을 발간하기 10여 년 전의 이야기다.

이 수필집을 세상에 내놓을 수 있었던 것은 전적으로 문병란 교수님 덕분이다. 그 세세한 내용은 수필 「故 문병란 교수님의 영전에」를 통해 이해하기 바란다.

두 번째 수필집은 2016년에 발간한 『소록도 탐방기』이다. 소록도에 관한 기행 수필이 실려 있는 아주 작은 책이다.

난생처음 찾은 소록도, 그것도 겨우 한나절 둘러보았는데, 관련 수필을 무려 13편이나 만들어냈다. 이런 일을 해낸 내가 스스로 놀랍다.

이 책을 발간할 때, 소록도 병원 관계자의 도움이 있었다. 이 지면을 통해 감사의 인사를 전한다.

세 번째 수필집은 2017년에 발간한 『학교, 아이들이 행복한 세상 2』이다. 그 책의 내용은 2005학년도에 교장으로 실천했던 교육 사례들로, 책을 발간하기 12년 전의 이야기다.

이 학교에서 이룬 업적을 생각하면 감격하지 않을 수 없다. 그저 감사할 따름이다.

네 번째 수필집은 2020년에 발간한 『연자시, 가족 사랑 이야기』다. 그 내용은 '연자시'와 '가족 사랑 이야기' 두 가지로 구성되어 있다.

'연자시'는 나의 10대 선조 만거 할아버지께서 지은 시인데, 한자로 5글자 2행으로 된 시가 50수이다. 과거에 급제한 당신의 아들을 위해 지은 인생 지침서이다. 연자시에 담긴 선조의 뜻을 후손들이 알 수 있도록 쉽게 풀이했다.

'가족 사랑 이야기'는 가문의 이야기, 고향 이야기, 가족 이야기 등으로 꾸며진 나의 수필 50편이다.

연자시 1수에 수필 1편씩 짝을 지어 엮었는데, 한문으로 된 시는 서예가 강숙자 님에게 부탁하여 썼고, 그 내용은 한문 연구가 강상구 박사님에게 부탁하여 풀이했다.

이 책에 대하여 광주광역시 문인협회 당시 회장은 '머리맡에 두고 수시로 읽어야 할 책'이라고 평한 바 있다.

다섯 번째 수필집은 2024년에 발간한 『수필, 임진왜란 上』이다. 이 책의 내용은 임진왜란에 관한 역사 이야기다. 그렇다고 해도 역사서나 학술 서적은 아니다. 누구나 가볍게 읽을 수 있는 수필이다.

이 책은 이런저런 수필을 모아서 엮은 수필집 '임진왜란'이 아니다. 임진왜란에 관한 역사 이야기만을 수필로 꾸민 책이다. 그래서 제목이 『수필, 임진왜란』이다. 오해 없기 바란다.

2021년 이후 3년 동안에 내가 만들어낸 임진왜란에 관한 수필 작품이 무려 100편, 이 중 50편을 엮어 발간했다. 나머지 50편은 2026년에 발간할 계획이다. 그 계획이 하나님의 뜻 안에서 순조롭게 이루어지기를 소망한다.

우리 민족의 비극적 역사, 임진왜란에 관한 이야기를 수필로 엮어낸 일에 나 스스로 감격한다.

이상 5권의 수필집을 발간한 일이 가슴 뿌듯하게 느껴진다. 그런데 여섯 번째 수필집을 발간한다. 이 책에는 '문학적 장치'를 찾아 헤매던 그 시기의 어설픈 작품을 싣는다. 부끄러움을 무릅쓰고 세상에 내놓는다.

한없이 어리석고 융통성이란 눈곱만큼도 없는 나에게 이런 일이 일어났다. 그저 놀라울 뿐이다. 그리고 또 과연 어떤 일이 일어났을까? 수필 작품으로 소개한다.

2025년 1월 일

수필가 청심淸心 고병균

효령문학동인회 회장
광주문협 수필분과 위원장
김 대 자

시인이요 수필가인 청심淸心 고병균高秉均의 여섯 번째 수필집 『세상에 이런 일이』의 출간을 축하한다.

내가 아는 고병균 수필가는 초등학교에서 봉직한 분이다. 어떻게 하면 '학교를 아이들이 행복한 세상으로 만들 수 있을까?' 이런 생각으로 교육에 열정을 쏟으셨던 분이다. 그것이 고병균 수필집 『학교, 아이들이 행복한 세상』 1과 2에 확연하게 드러난다.

고병균 수필가의 작품 중에는 '지극히 작은 일에 충성된 자는 큰일에도 충성되고 지극히 작은 일에 불의한 자는 큰일에도 불의하느니라.'라는 성경 말씀이 자주 등장한다. 또 문학 활동을 하는 중에 '마음이 청결한 자는 복이 있나니'하는 말씀을 실천하는 듯 보였다. 그래서 '청심淸心'이란 필명을 선사한 바 있다.

고병균 수필가는 계간 《공무원문학》 2006년도 가을호를 통해 등단했다. 등단 작품은 「세상에 이런 일이」라는 제목의 수필인데, 심사위원은 '문학적 장치'가 부족하다고 지적했다. 고 수필가는 그것을 찾으려고 고심했다. 그 흔적이 이 책에 고스란히 담겨있다. 이런 의미에서 수필의 교과서와 같은 책이다.

고병균 수필가는 2015년 이후 6권의 수필집을 발간했다. 이는 문학의 기본에 충성한 결과라 여겨진다. '대단한 작가'라고 찬사를 올리지 않을 수 없다.

고병균 수필가의 수필집 『학교, 아이들이 행복한 세상』 1과 2, 『연자시戀子詩 가족 사랑 이야기』 등은 독자에게 많은 감명을 준 바 있다. 그리고 수필로 읽는 조선의 역사 『수필, 임진왜란 상』은 독자의 가슴에 애국심을 불러일으키게 한 대작이다

고병균 수필가는 동산문학작가회 회장으로 봉사하는 2년 동안 '쉬운 글쓰기 운동'을 전개했다. 이 운동은 시를 쓰건 수필을 쓰건 쉬운 글을 쓰자는 운동이다. 그리하여 독자가 즐겨 읽는 작품, 독자가 공감하는 작품을 만들어내자는 운동이다.

수필가 고병균은 80의 고령임에도 쉬운 글쓰기 운동에 심혈을 기울이고 있다. 이는 끊임없는 기도와 교회를 섬기는 신앙심이 그 바탕이 되었으리라는 믿는다.

이번에 발간할 수필집 『세상에 이런 일이』도 쉬운 글로 독자에게 깊은 감명을 주리라 기대된다. 이를 축하하며 추천사로 갈음한다

2025년 1월   일

| 목차 |

제3부 아내는 MVP

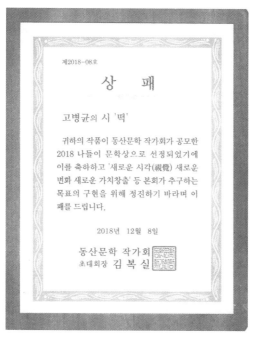

동산문학작가회 나들이 문학상(2018년)

나에게도 이런 일이

나에게 이런 일이 일어나다니 꿈만 같다.
글짓기에 대하여 무디었던 내가
수필가로 등단한 것이 그렇고,
부족한 작품을 수상작으로 선택하여 준 것이 그렇다.

무슨 일이 나를 감격하게 했을까?
그것이 감격할만한 일이었을까?
수필 작품으로 만나본다.

세상에 이런 일이

〈세상에 이런 일이〉란 TV 프로그램이 있습니다. 이 프로그램에서 다루는 내용을 보면 참 희한한 일이 많습니다. 어떤 사람은 빙빙 돌면서 바늘귀에 실을 꿰기도 하고, 날마다 소다를 먹는 사람의 이야기, 콜라를 먹는 사람의 이야기, 술을 마셔야 사는 사람의 이야기 등 별난 이야기를 소개합니다.

그런데 내가 말하는 '세상에 이런 일이'란 그런 종류의 이야기가 아닙니다.

2006년 7월 21일은 여름방학을 앞두고 마지막 학교에 나오는 날입니다. 교장으로 부임한 이후 1년을 넘기고 또 한 학기를 마치는 날입니다.

교장실에 앉아 있으면 운동장이 환히 보입니다. 한창 수업 중이라 운동장에 아이들은 보이지 않습니다. 그런데 할머니 한 분이 교문 안으로 들어옵니다. 허리가 꼬부라진 꼬부랑 할머니입니다. 그리고 얼마 후에 행정실장이 결재서류를 가지고 왔습니다.

"교장 선생님, 완납입니다. 참 놀라운 일이네요."

우리 학교 학생들이 학교에 내는 납부금은 학교 급식비를 비롯하여 우윳값, 방과 후에 운영하는 영어 교육비 등 세 가지입니다.

학교 급식비는 모든 학생에게 점심으로 제공하는 비용이기 때문에 초등학교 학생은 말할 것도 없고, 유치원 원아와 교직원에 이르기까지 모두 납부합니다.

우윳값은 우유를 먹겠다고 신청한 학생에게만 징수하는 공과금입니다.

또 방과 후 학교에서 운영하는 영어 교육은 원칙적으로 희망하는 학생이 수업료를 내야 합니다. 그러나 시골이라는 학교의 지역적 특성을 고려해서 3학년 이상 전체 학생을 대상으로 합니다. 만약 희망자만 영어를 배우도록 하면 강사를 구하기도 어렵고, 가르치는 수준을 결정하기에도 난감합니다. 이러한 문제를 해결하기 위하여 학교 운영위원회에서는 3학년 이상 학생은 모두 영어를 배우도록 하자고 결정했습니다. 3년 동안 지속되고 있는 시책입니다.

반드시 내야 할 납부금이라 해도 어찌 완납할 수 있겠습니까? 한반도 최남단의 해변 마을에 있는 학교에서 전체 학생 수 160명에 불과한 소규모 학교입니다. 이 중에 기초생활수급자의 자녀가 19명이나 되고, 한쪽 부모와 생활하거나 조부모와 함께 사는 학생 등 결손 가정의 자녀도 63명이나 되는 학교입니다. 이처럼 열악한 환경의 학교인데 '공과금 완납'이라는 일이 일어났습니다. 그래서 행정실장이 놀라워하였고, 교장인 나 역시 감격하지 않을 수 없습니다.

　오늘 납부금을 마지막으로 납부한 학생은 5학년 범주(가명)입니다. 범주는 조부모 슬하에서 살고 있습니다. 범주의 할아버지와 할머니께서는 노동력이 없습니다. 이런 형편 때문인지 2005학년도의 학교 급식비와 영어 교육비를 납부하지 못한 채 5학년으로 진급했습니다.

　지난 4월에 있었던 일입니다. 범주의 할머니께서 2005학년도 영어 교육비를 가져오셨다고 하면서 행정실장이 환하게 웃었습니다. 할머니는 (학교 급식비와 영어 교육비를) "나 혼자 안 내서 부끄럽다."는 범주의 말을 전했습니다.

　그날 점심시간에 범주를 불렀습니다. 범주 할머니에 대하여 이런저런 말을 묻고 한 내 생각을 이야기해주었습니다. 그리고 범주의 손을 잡고 기도했습니다.

　'그렇게도 어려운 가정 형편임에도 학교 공과금을 납부해주신 범주 할머니가 건강하게 하소서.'

　'범주는 범주를 사랑하는 할머니의 정성을 가슴 깊이 깨닫고 열심히 공부하고 건강하게 자라게 하소서.'

　'범주가 스스로 자기 앞길을 개척하도록 용기와 지혜와 근면함을 허락하소서.'

　이후 범주의 행동이 변했습니다. 운동장에서 땀을 흘리면 축구를 합니다. 담임교사도 범주가 '수업에 충실하고 발표도 잘한다.'라고 말합니다. 그의 행동이 자연스러워지고 당당해졌다고 전합니다.

범주 할머니께서는 6월에는 2005년도 학교 급식비를 납부하셨고, 이번에는 2006학년도 학교 급식비와 영어 교육비를 납부하신 것입니다.

초등학교 교육자로 살아오면서 잘했다고 생각되는 일 보다는 실수했다거나 '좀 더 나은 방법이 있었는데…….' 하면서 후회한 일이 많았습니다.

오늘 일로 나의 가슴속에서 기쁨이 넘쳤습니다. 아내와 딸들에게 자랑하고 싶었습니다. 광주로 올라오는 데 기쁨이 솟구쳤습니다. 도저히 감당할 수 없었습니다. 하는 수 없이 한적한 도로변에 자동차를 멈춰 세웠습니다. 심호흡하면서 마음을 가라앉혔습니다.

지난 3월 학부모 총회에서 학부모에게 당부한 말이 생각났습니다. 학교를 '아이들이 행복한 세상'으로 만들고 싶다는 약속의 말입니다.

'행복한 학교'란 아이들이 학교에서 생활하는 동안 행복한 감정을 느끼는 학교를 말합니다. 내가 말하는 행복이란 학생 각자가 하고 싶은 것을 실현하기 위해 힘써 노력함으로써 얻어지는 감정입니다.

'행복한 학교'는 교장으로써 내가 추구하는 학교상입니다. 그것을 다짐하면서 학부모와 공유할 사항을 몇 가지 소개했습니다.

첫째, 정직하게 행동해야 합니다.

둘째, 공짜를 좋아해서는 안 됩니다.

셋째, 학교에서 교육하는 방향과 가정에서 자녀에게 바라는 방향이 같아야 합니다.

'물 한 그릇이라도 공짜로 얻어먹지 마라.'라는 어머니의 말씀을 실천했다는 이명박 서울 시장의 사례를 소개하면서 공짜로 공부하고, 공짜로 학교 급식을 먹으려 해서는 발전이 없습니다. 훌륭하게 된 사람들은 자기의 꿈을 이루기까지 정직한 땀과 많은 눈물을 흘리며 노력했습니다. 이런 말도 덧붙였습니다.

사랑하는 자여!
네 영혼이 잘 됨 같이 범사가 잘 되고 강건하기를 내가 간구하노라. (요한삼서 2절 말씀)

이 말씀이 초등학교 학생들과 유치원 원아들에게 임하기를 빕니다. 학부모에게 축복으로 임하기를 원합니다.

■ 심사평

고병균 님의 당선 작품 〈세상에 이런 일이〉는 초등학교 교장으로서 학교에서 있었던 일상적인 삶의 이야기를 진솔하게 표현하고 있다.

가난한 범주 할머니가 납부금과 급식비 등을 완납함으로써 전교생이 공과금을 완납했다는 시골 학교의 애환을 사실적으로 기록한 글이다.

고병균 님의 글은 교육자의 인품이 그대로 드러나는 가식 없는 글이다.

수필은 문학이기 때문에 사실적인 기록에 그치기보다는 문학적인 장치와 예술적인 형상화가 필요하므로 문장 수련에 더욱 노력하여 좋은 수필을 쓰리라 기대하며 추천한다.

심사위원 문학박사	김 ○ 호
문학평론가	김 ○ 호
공무원문학 주간	김 ○ 년

■ 과제 : 문학적인 장치와 예술적인 형상화

나는 이 말의 의미를 몰랐다. '문학적인 장치'란 무엇일까? '예술적인 형상화'란 어떻게 하면 이루어질까? 도통 알 수 없었다. 그러나 이 두 가지가 이루어져야 비로소 수필이 된다는 사실만은 인지했다.

정년을 맞아 퇴직하였고 그 후로도 많은 세월이 흘렀다. 그동안 빛고을건강타운의 문학 강좌, 전남대학교 평생교육원의 수필 강좌 등 이곳저곳 기웃거렸다.

그러나 '문학적인 장치'에 대해서 강의하는 강사를 만나지 못했다. '예술적 형상화'가 무엇인지 알려주는 곳도 없었다.

칠순 기념 문집을 출간해야 하는데 답답해졌다. 그러던 2015년 봄, 문병란 교수님을 만났다. 그분의 지도를 받던 중 저 멀리서 깜박거리는 불빛 같은 것이 보였다. 문학이라는 깜깜한 세계에서 갈 바를 몰라 헤매는 나에게 희망의 불빛이었다. '문학적인 장치와 예술적인 형상화'가 무엇인지 말로 표현할 수는 없었어도 어렴풋이 깨달음이 왔다.

| 한비문학 신인상 수상 작품(2015) |

딸의 전화

'♬♪ 만세 ~~~에~ 만만세 용~사~들 / 도올아 오~~ 온다~ / 만세! 만세! 만만세~~♬♪' 나의 핸드폰에서 베르디의 '개선행진곡'이 울려 퍼진다. 반갑게 받았다. 보나 마나 가족으로부터 걸려 온 전화이기 때문이다.

핸드폰에는 유선 전화에 없는 편리한 기능이 있다.

먼저는 전화번호를 저장하는 기능이다. 이 기능은 전화번호를 잘 외우지 못하는 내게 매우 편리한 기능이다. 전화를 걸 때마다 수첩을 뒤적거릴 필요가 없어서 좋고, 더듬더듬 타자하지 않고도 전화를 걸 수 있어서 좋다.

또 전화번호를 '가족', '직장', '교인', '친구' 등 그룹으로 분류하는 기능이다. 전화번호를 그룹으로 묶어 놓으니 다수의 사람에게 동일한 메시지를 보낼 경우에 편리하고, 검색하려는 사람의 이름이 생각나지 않을 경우에도 좋다.

핸드폰에는 신호음을 내 마음대로 설정하는 재미있는 기능도 있다. 핸드폰의 신호음이 울릴 때 상대방이 누구인지 확인할 수 있다. 내 핸드폰에서 아마뚜스 합창단이 부르는 '축배의 노래'가 울리면 그 전화는 그룹 '직장'에 속한 분에게서 걸려 온 전화이고, 캐럴 '징글벨'이 울리면 이 전화는 그룹 '교인'에 속한 분에게서 걸려 온 전화이다. 멜로디 외에도 멘트를 신호음으로 사용할 수도 있다. '어라! 전화 왔네~' 굵직한 남자 음성의 멘트가 울리면 전화번호가 저장되지 아니한 사람으로부터 걸려 온 전화이고, '자기, 나야~, 전화 받아.' 간드러진 여자 음성의 멘트는 아내에게서 걸려 온 전화이다. 주변에 사람이 있는데, 이런 멘트가 울리면 약간 쑥스럽기는 해도 여간 재미있는 게 아니다.

이런 내 전화기에서 〈개선행진곡〉이 울린다. 바로 내 가족에게서 걸려 온 전화이다. 둘째 딸의 전화이다.

둘째 딸은 대학을 졸업한 후 작은 기업체의 경리로 2년간 근무했었다. 그러던 중에 언니가 지방행정직 9급 공무원에 합격했다. 둘째 딸의 얼굴색이 달라졌다.

"아빠, 나 직장 그만두고 공무원 시험 볼래요."

"그러지 말고 현재 다니고 있는 직장에 그냥 다녀라."

극구 만류했지만, 딸은 대뜸 사표를 냈고 시험공부에 매달렸다. 그게 어디 만만한 일인가? 딸은 서너 차례 낙방했다. 인생의 쓰디쓴 참맛을 경험한 것이다.

나는 그만 보라고 만류했다. 그렇다고 달리 뾰쪽한 대책이 있는 것은 아니다. 다만 공무원만이 사는 길인 것처럼 생각하는 세태가 그리 달갑지 않았을 뿐이다.

사람이란 누구를 막론하고 자기의 입장에서 생각하고, 자기 입장에서 말한다. 나는 지금, 하는 일 없는 백수건

달이다. 속칭 화백이다. 할 일이 있다는 게 행복이라는 것을 절실하게 느끼고 있다. 그래서 장사를 배우는 것도 좋겠다고 생각했다. 장사는 그 수완을 배우기까지 힘들고 어렵겠지만 일단 몸에 배면 평생직장이 된다. 그래서 괜찮을 것으로 생각했다. 그러나 37년 동안이나 공직에서 생활했던 아빠로서 딸의 입장을 전혀 고려하지 아니한 몰인정하고도 무책임한 것이다.

몇 차례 시험에서 낙방한 딸은 나를 보려고도 하지 않는다. 나 역시 딸이 무색해 할 것 같아 말을 걸지 못했다. 공부를 계속하기에는 너무 힘들고 그렇다고 포기할 수도 없는 진퇴양난進退兩難의 상황이다.
아무리 그래도 딸은 스스로 이 상황을 극복해야 한다. 그럴 수 있다고 나는 믿는다.
지난 1월, 딸을 불러서 어떻게 할 것인지 물었다.
"금년 1년만 더 공부할게요."
"그래, 이번이 마지막이다."
이렇게 경고했다. 배수의 진을 친 것인지 모른다. 그렇지만 달리 방법이 없다. 딸은 자기 방에 들어가더니 훌쩍훌쩍 울었다. '대학에 다닐 때 더 열심히 공부하지.' 이렇게 나무라고 싶었지만 그럴 수도 없다.
대학을 졸업하고 몇 년이 지났으니 개인 기업체에서도 받아주지 아니할 것인데 어디로 간단 말인가? 답답하기는 나도 마찬가지다. 무능한 아빠로서 딸에게 할 수 있는 것은 고작 열심히 공부하라는 것뿐이다.

딸은 태어나서 세이레가 미처 못되었을 때, 갑자기 다리를 펴지 못했다. 병원에서는 선천성 고관절 탈골이라고 진단했다. 그것은 순 엉터리였다. 딸이 태어났을 때 다리의 움직임이 자연스러웠고, 쭉쭉 폈었기 때문에 그렇게 생각했다. 내가 근무하는 학교의 보건교사에서 이 사실을 털어놓았더니 커다란 책을 들고 와서 보여주었다. 나는 책의 내용대로 딸에게 실습을 했다. 양손으로 딸의 엉덩이를 받치고 엄지손가락으로는 다리를 감싸 잡고 좌우로 천천히 벌렸다. 어느 정도 힘이 들어가자 '똑' 하고 미세한 느낌이 왼쪽 새끼손가락 끝으로 전달되었다. 깜짝 놀라 손을 놓았다. 바로 그때 신통한 일이 벌어졌다. 딸이 다리를 자연스럽게 움직인 것이다. 우여곡절 끝에 고쳐졌지만, 그 후유증은 초등학교에 입학해서도 나타났다. 1학년이 된 딸은 얼마 동안 엄마의 등에 업혀서 등하교했었다.

이렇게 허약한 애가 공부한답시고 아침 일찍 고시원으로 간다. 학원에서 강의를 듣는 것인지 혼자 공부하는 것인지 모르지만 밤 열한 시가 되어서야 집으로 돌아온다. 아내는 도시락을 두 개나 싸준다. 그러나 그 분량이란 것이 숟가락질 두세 번이면 그만이다.

이런 생활이 몇 년 동안 계속되고 있다. 가뜩이나 허약한 애가 더욱 약해지는 것만 같다. 어느 날인가 딸은 일찍 들어왔다. 설사를 하고 배가 아프다는 것이다. 아내는 딸을 데리고 한의원으로 갔다. 짠한 마음 금할 수 없다.

카라스키야를 상대한 권투경기에서 홍수환 선수가 보여준 사전오기四顛五起라고 할까? 딸은 드디어 지방직 공무원 임용고시에서 1차 합격통지서를 받았고, 며칠 전에 면접시험도 보았다. 지금은 합격자 발표를 기다리는 중이다.

'이번에는 합격해야 할 텐데⋯⋯.'

딸은 몹시 초조하다. 나 역시 입술이 타고 애간장이 녹는다. 그것은 아내도 마찬가지다. 발표를 기다리는 시간이 어찌나 더딘지 일각여삼추一角如三秋이다.

"아빠~, 나, 붙었어요."

전화기에서 딸의 흥분된 목소리가 들린다.

"그래. 우리 딸 잘했다. 장하다."

자신의 목표를 기어이 성취해낸 딸이 자랑스럽다. 순간 왈칵 무엇이 솟구친다. 목이 메어 말을 이을 수 없다. 눈물이 흘러내릴 것만 같아 고개를 들었다. 파란 하늘에 하얀 구름이 둥실둥실 떠 있다.

입가에 웃음이 번진다. 덩실덩실 춤이라도 추고 싶다. 딸을 업고 아파트 마당이라도 한 바퀴 돌까? 저녁에는 외식하며 딸을 축하해 주리라.

고맙다!

사회로 나가는 첫 싸움에서 개선凱旋한 딸이 고맙고, 어디에 있건 나를 빠르고도 정확하게 찾아 소식을 전해준 이 핸드폰이 고맙다.

■ 서은 문병란 교수의 지도평

'붓 가는 대로 생각나는 대로 쓴다.' 하여 수필隨筆이
다. 여러 가지 성격이 있지만 영역이 넓다. 산문으로 쓰
되 시정詩情이 담기면 더욱 좋다. 비평적 논설적 문체에
도덕성 사회성 좀 무겁게 쓰면 중수필(重隨筆, miscellan
y), 가벼운 필치로 심경적 자기 고백적 감흥을 중시하면
경수필(輕隨筆, essay적인 글)로 본다.
  이 글은 개인적인 생활 수필이다. 가정사에서 취재한
것으로 둘째 딸의 직장 갖기 공무원 시험 일대기를 담백
하게 적었다. 부정父情이 잔잔하게 흘러 가족들이 딸 그
리고 아버지로서의 따뜻한 관심과 배려가 평이하면서도
진지하다. 수필의 정도를 밟고 있어 수준급에 속한다.
  분위기가 다소 무겁다. 유머나 흥취를 더하면 밝은 글
이 될 것이다.

■ 과제 : 유머나 흥취를 더한 밝은 글
  교수님은 유머나 흥취를 더한 밝은 글을 요구한다. 그
런데 나에게는 그런 재주가 없는 듯하다. 그렇다고 해도
독자들이 나의 작품에 관심을 갖게 하려면 유머나 흥취
가 있어야 한다. 그래도 주제를 구현하기 위해서는 진지
해야 한다. 따라서 내가 추구할 과제는 이 두 가지 요소
가 잘 융합된 작품을 만드는 일이다. 언제까지나 추구해
야 할 과제이다.

장모님의 유산遺産

6월이면 나의 장모님 고故 최○○ 여사의 2주기이다.
1950년 한국 전쟁이 발발하여 세상이 어수선할 때, 면
사무소 경리계장이셨던 장인어른께서 '정보 수집하라.'라
는 상부의 지시를 받고 출타하신 후 돌아오지 아니하셨
다. 장모님은 그해 겨울 딸을 낳으셨으며, 1978년 1월
그 딸을 결혼시킴으로 나와 인연을 맺었다.

맞선을 볼 때, 나는 작업복에 운동화 차림으로 갔었
다. 이런 나의 처지를 동정했었는지, 장모님께서는 반지
시계 목걸이 등 당시에 통상적으로 해주는 결혼 예물 중
에서 목걸이 하나만 주문했었다.
이후 아이들이 태어날 때마다 장모님께서는 무척이나
기뻐하셨고, 자라는 고비마다 사랑을 베푸셨는데 이것은
우리 아이들에게 가뭄의 단비였다.

태어날 때 탈수 증세를 보였던 큰딸은 유난히 병치레
가 잦았었다. 그럴 때마다 발만 동동 구르는 아내를 제
쳐두고 장모님께서 먼저 나섰다. 아이들을 들러 업고 병

원을 찾으셨다. 심지어 딸의 콧속에 들어 있는 오물을 입으로 빨아낸 일도 있었다.

둘째 딸은 태어난 지 3주쯤 되었을 때, 다리를 펴지 못했었다. 이때에도 장모님께서는 2월의 살을 에는 바람을 맞으며 적십자 병원 김 정형외과, 전남대학교 병원 등을 찾아가셨다. 의사로부터 '고관절 탈골'이라는 절망적인 진단을 받았을 때는 점쟁이를 찾기도 했었다.

대학수학능력평가 결과가 발표되었을 때, 아들의 점수를 전해 들은 장모님께서 '오메! 우리 ○○가 참 잘했다.' 하시며 누구보다도 좋아하셨다.

"외할머니에게 잘 해드려라."

"누가 너희들에게 이처럼 관심을 가지며 누가 이처럼 좋아하시겠냐?"

장모님의 사랑에 감동된 나는, 아이들에게 이런 말로 당부한 일도 있다.

우리 아이들은 지금 건강하게 살고 있다. 큰딸은 경기도 안산시에서, 작은딸은 서울특별시 금천구에서 지방직 공무원으로 재직하고 있으며, 아들은 의과전문대학원 4학년 학생이다. 아이들이 구김살 없이 자란 것은 하늘보다 높고 바다보다 깊은 외할머니의 사랑 덕분이다.

장모님의 사랑은 사막처럼 메마른 나의 심성도 바꾸어 놓았다.

그 사랑은 나의 월급과 맞먹을 만큼 고가인 컴퓨터를 사주신 일로부터 시작된다. 나는 장모님의 배려에 보답이라도 하듯 그 기능을 빠르게 익혔고, 그것을 이용해서 학교의 업무를 능률적으로 처리했다. 이로 말미암아 나는 능력을 인정받아 교감으로 승진했었다. 젊은 시절 허랑방탕했었기에 다소 늦은 나이여서 교장 경력도 불과 3년이다. 그렇지만 나는 그 누구도 이루지 못한, 실로 기적과도 같은 업적을 남겼다.

그것은 '＊＊초등학교 교사校舍 전면 개축 및 재배치 사업'을 확정한 것이다. 내가 교장으로 부임한 학교의 건물은 참으로 엉망이었다. 과학준비실과 컴퓨터실의 목재 바닥이 상당 부분 떨어져 있었고, 학교 전산망이 집결된 교실의 벽면은 이끼가 잔뜩 끼어 온통 새까맣게 되어 있었으며, 교사校舍 뒤편 처마의 콘크리트가 떨어져서 철근이 보인 부분도 있었다. 장마철에는 과학실 앞 복도 바닥에서 방울방울 물이 솟아올랐고, 비가 내리는 날이면 전원이 차단되는 일이 비일비재했으며, 벽면을 타고 흘러내린 빗물이 급식실 계단 밑에 고여 발목까지 차오른 적도 있었다.

학교 건물의 이런 현상을 지역 교육청의 교육장에게 이야기했고, 교육위원을 비롯한 군 의원과 도 의원 등에게 수차 도움을 요청했었다. 그러나 벽에 부딪힌 것 같은 느낌을 받을 때도 있었다. 그럴 때는 '그냥 넘어가지, 무엇을 바라고 이렇게 애를 쓰는가?' 하며 포기하려고 했었다. 그런데 이상한 일이 있었다.

'아니다. 그 일은 네가 감당해야 할 사명이다.'

'그 일을 하라고 너를 이 학교로 보냈다.'

낙담하고 있는 나에게 이런 음성이 들렸으니 나로서는 어쩔 수 없었다. 서울에 있는 대형 교회의 목사, 생면부지였지만 그분에게 기도를 부탁하는 편지도 보냈었다. 일곱 번에 걸쳐 편지를 보냈지만, 답장은 없었다. 또 답장을 기대하지도 않았다. 그런가 하면 도道 교육청을 찾아가 교육감과 면담도 했다.

'지성이면 감천'이라고 이런 나의 노력을 가상하게 여긴 것인지, 2008학년도 예산에 사업비 32억여 원이 책정되었다. 그리고 그해 2월, 나는 정년으로 퇴직했다. 나의 교단 경력 37년의 대미大尾를 장식한 놀라운 사건이다.

나에게는 자랑하고 싶은 업적이 또 하나 있다. 그것은 내가 근무하는 동안 '학교를 아이들이 행복한 세상'으로 변화시킨 것이다.

교사로 근무할 때는 학생들이 달성할 수 있는 학습목표를 제시하고 그것을 반드시 성취하도록 격려했으며, 학생들 하나하나의 행동을 예의 주시하여 조금이라도 나아진 점이 발견되면 즉시 칭찬하며, 학생들이 활발하게 행동하고 즐겁게 생활하도록 교육했다.

교감으로 승진한 후에는 학생들의 인생 목표를 '국가와 사회 발전에 공헌할 수 있는 유능한 인간'에 두고 그것을 실현하도록 열심히 공부하자고 부추겼다.

지난해에 발간한 나의 칠순 기념 수필집 『학교, 아이들이 행복한 세상 1』은 교감으로 이 학교에서 추진했던 교육활동을 아주 흥미롭게 소개하는 책이다.

교장이 되어서는 학교의 교육 구호를 아예 '학교, 아이들이 행복한 세상'으로 설정하고, 그것을 실현하려고 혼신의 노력을 기울였었다. 어려운 가정환경 또는 신체적 장애를 극복한 사람들의 사례를 훈화로 들려주고, 학생들의 끼를 발산하는 기회를 정기적으로 제공했으며, 다양한 시상제도를 도입하여 학생들의 사기를 드높였다. 학교의 모든 교육활동은 교육 구호를 실현하는 방향으로 추진했었다.

교육자라면 당연히 해야 할 일이지만 빛도 없이 이름도 없이 교육했던 나에게는 참으로 가치 있고 소중한 업적이다.

그러나 내가 이룬 업적이 모두 나만의 공功일까? 장모님의 은덕恩德이 없었어도 가능했을까? 어림도 없는 이야기이다. 그런 기회조차 주어지지 않았을 게 뻔하다. 이렇게 보면 나의 업적은 장모님께서 남기신 유산의 산물이다. 세상의 어떤 보석보다 값진 자녀 사랑의 열매다.

■ **[심사평]** 심사위원을 밝히지 아니하였다.

2016년 가오문학상 수필 부문에는 17명의 수필가가 공모하였다. 예년과 달리 모든 공모작이 우열을 가리기 힘들 정도로 우수하여 심사하는 데 많은 시간이 소요되었지만, 공모작 모두 고른 필력을 보인 고병균 수필가를 대상 수상자로 결정하는 데에는 이의가 없었다.

문학이 모두 그러하겠지만 특히 수필은 직접적으로 사람의 마음을 움직이고 깨달음을 준다. 수필이 쉽게 쓰이는 글이라는 편견으로 많은 글이 수필이라는 이름을 달고 나오지만, 수필의 격(格)을 갖추고 독자를 수필 속으로 끌어들이는 수필다운 수필을 찾아보기는 쉽지 않다. 그렇다 보니 풍요 속의 빈곤이라 마음의 그릇에 쏙 담기는 수필을 대하면 맛있는 음식을 아껴 먹듯이 두고두고 보고 싶은 마음을 가지게 된다.

고병균 수필가의 수필이 이와 같이 한 번에 다 먹어 치우기에는 아까운 맛있는 음식과 같다.

수상작으로 선정된 '장모님의 유산遺産'은 굵직한 주제 아래 소소한 소재를 하나로 묶어 큰 줄기를 어떻게 만들어내야 하는가를 잘 보여주는 표본과도 같은 작품이라 해도 무리가 없다. 하나의 사건으로부터 일목요연하게 내려오는 사건의 전개와 심리의 변화 등은 읽을수록 내용과 뜻이 중첩의 효과를 거두어 읽고 나서도 오랫동안 마음에 담겨 글을 쓰는 사람이라면 한 번쯤 마음에 두고 새겨야 할 교훈으로 깨달음으로 받아들여지게 된다.

수필이 작가의 일상을 이야기하는 문학임은 분명하나 그 이야기가 하소연이나 독백, 재미있는 이야기로 전락하여서는 안 된다. 사건이 미치는 심리적인 영향이나 그것으로 인하여 일어나는 파장을 잘 끌어내 직접 체험하지 못한 독자도 함께 느끼고 깨달을 수 있어야 좋은 수필이라 말할 수 있다.

작품 중에서 은연중에 수필가의 나이를 밝히는 세련된 기법이나, 마지막 연 (단락)에서 들려주는 독백이 보여주는 호응성은 수필을 더욱 빛내주고 있다.

■ 과제 : 좋은 수필 쓰기

좋은 수필은 사건이 미치는 심리적인 영향이나 그것으로 인하여 일어나는 파장을 잘 끌어낸 작품이다. 직접 체험하지 못한 독자도 함께 느끼고 깨달을 수 있는 작품이다. 나는 그런 수필을 좋은 수필이라고 생각한다. 그 좋은 수필을 쓰기 위해 힘써 노력해야 한다.

故 문병란 교수님의 영전에

2015년 9월, 한창 수업을 진행하고 있는데 문자 메시지가 날아들었다. 부고였다.

생전의 문병란 교수님
(천리포 수목원에서)

-
삼가고인의명복을빕니다-
부디 영면하소서!
"서은문학연구소
문예창작반공지"
고 문병란교수님
장례식장 참석은 내일
26일 오후 6시
서은문학회
회원님들과 함께
참석하기로
하였습니다. 부득이한
관계로 내일
차서은하지

이것은 날벼락이었다. 이번 학기를 통해서 한 걸음 도약해야 하는데……

내가 문병란 교수님을 만난 것은 2015년 3월이다.

당시 나는 칠순 기념 수필집을 발간하려고 준비하고 있었다. 그런데 작품의 질적 문제가 대두되어 이러지도 저러지도 못하는 상황이었다. 심각한 고민에 빠져있던 차에 빛고을건강타운 자서전 쓰기 교실에서 만난 황 목사님의 소개로 서은문학연구소에 발을 들여놓았다. 그것은 나에게 행운이었다.

교수님께서는, 82세의 고령에도 수강생들의 작품에 대하여 일일이 지도 평을 써 주셨다. 나의 작품은 수필이다. 시보다 상대적으로 분량이 많다. 따라서 읽기에 부담이 되었을 것이다. 그런데도 자상하면서도 친절하게 지도해 주셨다. 어떤 경우에는 그 지도 평이 본문의 절반 분량에 이른 것도 있었다. 이 중에서 하나만 소개한다.

'㈜ 코ㅇ사트 대표 ㅇ승현 사장, 척박한 시골 학교 교육환경에 찾아온 어린이의 벗 미국 영화에나 있을 법한 순수한 미담?) 그분이 얻고자 하는 것이 무엇이었을까?

(그 보이지 않는) 그분의 내면적 인격이 전혀 나타나 있지 않아 그냥 순수한 온정으로만 돌려버리기엔 미흡한 면도 있으나 수수께끼 같은 미국판 꿈 얘기 같은 디즈니랜드 판 동화로 여겨진다.

우리나라의 경우 온정의 베풂은, 뒤에 노리는 어떤 목적의식이 전혀 없는 어린이의 벗님, 천사가 맞는 것 같다. 후문後聞이 궁금합니다.

ㅇ승현 사장, 어린이들의 벗으로 지금도 선행은 계속되는지요? 보고문 형태의 문체로 성공작입니다.'

　　　　　　　　　　　　- 수필 「나를 찾아온 천사」의 지도평

교수님의 지도 평을 대하면 작품에 담긴 나의 마음을 꿰뚫어 보신 듯했다. 그럴 뿐만 아니라 나에게 부족한 점 혹은 내가 보완해야 할 점이라고 생각되는, 글의 주제와 소재, 글을 쓰는 목적 등에 대해서 언급하셨다. 그것은 나로 하여금 문학 특히 수필 문학에 대하여 눈을 뜨게 하는 매우 적절한 지적이었다. 덩달아 '나의 이야기를 세상에 내놓아도 괜찮겠다.'라는 자신감도 생겼다.

이런 교수님의 지도 덕분에 나는 칠순 기념 수필집을 펴낼 수 있었다. 무한 감사드리며 교수님께서 써 주신 추천사의 일부를 소개한다.

"고병균 수필가 (초등학교 교장 정년)의 교육 이야기 '학교, 아이들이 행복한 세상' 1의 출간에 즈음하여 축하 겸해서 추천의 글을 장章하려 한다."
"전라남도 교육청 산하 초등학교에서 교사·교감·교장 37년을 아이들과 함께 행복학교 만들기에 헌신한 꼼꼼하고 재미있는 훈화집이면서 교육 지침서, 문학과 교육의 접목에 의한 탁월한 교육일지이다. 8장 74편의 엽편葉片 수필 모음집이지만 참교육을 향한 내용이 수필로 치부하기엔 너무도 고품격의 글이어서 '교육 지침서'로 격상하였다."
"간결한 문체, 군더더기 하나 없는 문장, 알맹이만 모아 놓은 정선된 일화나 성취인과 역사적 인물의 그 참된 성공 모델을 제시하여 흥미와 설득력을 아울러 가지고 있어서, 문학 쪽에서 보든 교육 쪽에서 보든 귀중한 책이다."
"더구나 이야기의 배경을 그가 몸담아온 초등학교를 기반으로 하였기에 교육 전반에 걸친 지도자의 소양 기르기 길라잡이로

서 그 파급 영역이 매우 넓고 다양하다. 우선 교육 행정가를 겸한 교장의 입장에서 교육 실천 지침서가 될 수 있고, 교사와 교감, 후원자, 학부모 등 사회 구성체 모두에게 좋은 교육의 안내서이면서 교육자적 문학자적 양면에 걸쳐 놀라운 감동 요소를 겸비한 책이다.”
  - 수필집『학교, 아이들이 행복한 세상 1』추천사의 일부

그러나 어찌하랴!

나의 수필집을 보여드렸을 때, 교수님께서는 극도로 쇠약해진 상태였고, 보름 정도 지나서 부고를 받았다. 과분한 칭찬의 말을 곁들인 추천사는 세상과 소통하는 교수님의 마지막 말씀이 되고 말았다.

이 일은 글쓰기에 대하여 좀 더 지도받기를 바라는 나의 뜻과는 전혀 상관이 없었다. 그것이 몹시도 아쉽다.

2016년 9월이면 고故 문병란 교수님의 1주기, 34년생 개띠로 나와 띠동갑이다. 제자로서 고병균은 아직도 그 슬픔을 가눌 수 없어 돈수하며 통곡한다.

칠순 늙은이의 독백

　손자의 공부방에서 글 읽는 소리가 들린다. 귀에 익은 소리다. 고등학교에 다닐 때 국어 선생님께서 몇 번이고 강조해서 가르쳐 준 '훈민정음 서문'이다. 공부하던 당시의 기억이 생생하다. 조심스럽게 문을 열었다. 손자가 빤히 바라본다.

　"애야, 할애비와 같이 공부할까?

　"그래요, 할아버지께서 읽으세요. 그러면 제가 뜻을 풀이할게요?"

　간단하게 역할 분담이 이루어졌다.

　- 나랏말싸미 듕귁에 달아 문자와로 서르 사맛디 아니할 쎄

　"우리나라의 말이 중국의 말과 달라서 문자도 서로 맞지 아니하니"

　이것이 새로운 글자를 만들게 한 동기이다.

　- 이런 전차로 어린 백성에게 이르고져 홀배이셔도

　"이런 이유로 어리석은 백성들이 이르고자 하는 바가 있어도"

그렇지, 사람들에게는 표현하고자 하는 욕구가 있다. 그것을 효과적으로 표현했을 때 사람들은 행복감을 느낀다.

- 마참내 제 뜻을 시러펴디 못할노미하니라
"마침내 자기의 뜻을 제대로 표현하지 못할 사람이 많은지라"
불행하게도 당시에는 제 뜻을 제대로 나타낼 수 없는 사람이 대부분이었다.

- 내 이를 위하야 어여삐 여겨 새로 스물여덟 자를 맹가노니
"내가 이것을 불쌍하게 여겨, 새로운 글자 스물여덟 자를 만들었으니"
백성의 일상생활에서 문자가 필요함을 인식한 세종대왕께서 우리말을 제대로 표현할 수 있도록 '백성을 가르치는 바른 소리'라는 훈민정음을 만드셨다.

- 사람마다 해여 수비니겨 날로 쑤메 뻔한케 하고저 할 따라미니라.
"사람들로 하여금 쉽게 익혀 일상생활에 편히 사용하게 할 따름이니라."

애야, 이것을 공부할 때 나는 뜻풀이에 집중했었던 것 같다. 그런데 50여 년이 지나 다시 읽어보니 세종대왕의 인품이 녹아 있는 것을 느낀다. 이 글에 드러난 세종대왕의 훌륭한 점은 무엇일까?

"백성을 사랑하는 마음이어요. '어린 백성에게' 또는 '어여삐 여겨' 이런 말에는 가난하고 배우지 못한 백성을 측은하게 생각하는 마음씨가 마치 자상한 어버이 같아요."

"우리 민족의 자주정신을 엿볼 수 있어요. '나랏말싸미 듕귁에 달아'하는 첫 마디에서 나타나 있어요."

"우리말에 맞은 글자를 창제한 창의적인 정신도 참 훌륭해요."

"얘야, '새로 스물여덟 자'가 무엇인지 아니?"

"네, 자음은 'ㄱ, ㄴ, ㄷ, ㄹ, ㅁ, ㅂ, ㅅ, ㅇ, ㅈ, ㅊ, ㅋ, ㅌ, ㅍ, ㅎ, (ㅿ, ㆁ, ㆆ)' 17글자이고, 모음은 'ㅏ, ㅑ, ㅓ, ㅕ, ㅗ, ㅛ, ㅜ, ㅠ, ㅡ, ㅣ, (·)' 11글자로 모두 28여요."

학자들은 한글을 '독창적인 원리'로 만들었다고 주장한다. 다른 문자를 모방해서 만든 것이 아니라고 한다. 스물여덟 글자를 제각각 만든 것이 아니라, 자음과 모음의 기본 글자를 먼저 만들고 여기에 획을 더해 글자를 완성했었다.

"먼저 자음에 관해서 설명해주세요."

자음의 기본자는 'ㄱ ㄴ ㅁ ㅅ ㅇ' 다섯인데, 발음 기관을 상형하여 만들었다. 어금닛소리 'ㄱ'은 혀뿌리가 목구멍을 막는 꼴을 본떠서 만들었고, 혓소리 'ㄴ'은 혀가 윗잇몸에 붙는 꼴을 본떴고, 입술소리 'ㅁ'은 입 모양을 본떴으며, 잇소리 'ㅅ'은 이의 모양을 본떴고, 목소리

'ㅇ'은 목구멍의 모양을 본떠서 만들었다. 이런 까닭에 글자의 모양만 보고도 그 글자의 음가를 짐작할 수 있다.

"자음의 나머지 12자는 어떻게 만들었나요?"

자음의 나머지 글자는 가획의 원리에 따라 파생하여 만들었다. 예를 들어, 어금닛소리 'ㄱ'에 획을 더하여 'ㅋ'을 만들었는데, 획을 더한 것에 소리가 거세진다는 의미도 추가된 것이다. '넣고'라는 말을 발음해 보면 '너코'로 소리가 난다. 'ㅋ'은 'ㅎ'과 'ㄱ'이 합해진 것이며, 'ㅋ'은 'ㄱ'보다 'ㅎ'만큼 거센소리가 난다.

이런 원칙에 따라 글자가 만들어졌으니, 'ㄷ, ㅌ'은 혓소리 'ㄴ'에서 파생된 글자이고, 'ㅂ, ㅍ'은 입술소리 'ㅁ'에서, 'ㅈ, ㅊ'은 잇소리 'ㅅ'에서, 'ㆆ, ㅎ'은 목소리 'ㅇ'에 가획하여 파생된 글자이다. 이들 글자는 음성적으로 같은 계열에 속해 음가와 글자의 모양이 서로 비슷하다.

"중성中聲으로 사용되는 모음 열 한 글자의 창제 과정도 마찬가지인가요?"

모음 곧 홀소리의 기본 글자는 'ㆍ ㅡ ㅣ' 셋인데, 우주의 원리를 본떠 만들었다. 하늘의 둥근 모양을 본떠 'ㆍ'를 만들고, 땅의 평평한 모양을 본떠 'ㅡ'를 만들었으며, 사람이 서 있는 모양을 본떠 'ㅣ'를 만들었다.

"모음의 나머지 여덟 글자도 자음처럼 가획의 원리가 적용되어 만들어졌나요?"

기본 글자 'ㆍ, ㅡ, ㅣ'를 서로 조합하여 'ㅗ, ㅏ, ㅜ, ㅓ'를 만들고, 여기에 'ㆍ'를 하나씩 더하여 'ㅛ, ㅑ, ㅠ,

ㅓ'를 만들었으니 조합과 가획의 원리가 적용된 것이다. 이들 글자도 'ㅣ'나 'ㅡ'를 중심으로 점이 찍혀 있을 뿐 모양이 비슷하다.

"훈민정음의 창제 과정은 참으로 과학적이었네요."

창제 과정이 과학적인 것처럼 한글은 배우기도 쉽다. 훈민정음 해례 서문에 다음과 같은 말이 기록되어 있다.

'슬기로운 이는 아침 먹기 전에, 어리석은 이라도 열흘이면 깨우칠 수 있다.'

"세종대왕께서는 '날로 쑤메 뻔한케 하고저'라고 말씀하셨는데 한글을 사용하기에는 어떤 점에서 편리한가요?"

모아쓰기 방식을 취한 것 때문이다. 즉 한글은 자음과 모음이 분리되는 음소 문자(자질 문자)이다. 그러면서도 음절 문자처럼 모아쓰기 방식으로 글자 모양을 이룬다. 현재 사용하는 한글의 자음 14자와 모음 10자만으로도 11,172개의 음절을 나타낼 수 있다. 훈민정음해례 서문에서 집현전 학자 정인지는 이렇게 말했다.

"바람 소리, 학의 울음소리, 닭의 울음소리, 개 짖는 소리까지도 적을 수 있다."

훈민정음 창제 당시의 28자와 중국어 표기용 6자 등을 합해 조합하면 무려 399억 자를 만들 수 있다고 하니, 한글은 글자가 없는 소수 민족의 말을 표현하기에 더없이 좋은 문자인 것이다.

"훈민정음은 배우기 쉽고, 사용하기에도 매우 편한 문자인 것이 확실하네요."

그렇다 '훈민정음'은 1997년 10월 유네스코의 세계 기록문화유산으로 등록되었고, 1989년 6월에는 문맹 퇴치에 공헌한 개인이나 단체에 수여하는 '세종대왕 문맹퇴치상'을 제정했다. 이로써 세종대왕이 만든 한글이 문맹퇴치에 가장 우수한 글자임을 유네스코가 인정한 셈이다.

"글자가 없어 말까지 사라져 가는 3,500여 소수 민족에게 한글을 보급하는 일이 시급하게 느껴지네요. 10억으로 추산되는 문맹자들의 눈을 뜨게 하는 숭고한 그 일을 제가 하고 싶어요."

훈민정음 창제 569돌을 맞는 한글날에, 손자를 애타게 기다리는 칠순 늙은이가 가상으로 꾸며본 독백이다.

이청준 생가 탐방

길 문학회 회원들과 함께 문학기행을 다녀왔다. 강진 군의 영랑 생가와 가우도, 청자박물관을 거쳐 장흥군의 이청준 생가에 들렀다가 한승원의 해산토굴로 이동하는 코스다.

오후 1시쯤 회진 면사무소 근처의 식당에서 점심을 먹었다. 이곳은 내가 교장으로 근무했던 지역이지만 이청준 생가를 찾기는 이번이 처음이다. 내가 근무할 당시 초등학교 1학년이었던 식당 주인의 딸이 지금은 고등학교 1학년이라고 하니, 상당히 많은 시간이 흘렀다.

문학에 문외한이었던 내가 소설가 이청준을 알게 된 것은 2005년이다. 그는 회진초등학교 4회 졸업 선배로 공부를 잘해서 광주서중학교와 광주제일고등학교를 거쳐 서울대학교를 나왔다. 어른들로부터 '공부하려면 청준이처럼 하라'는 말을 들었다고 한다. 이런 사실 때문에 나는 학교 도서관에서 이청준의 작품을 찾아 읽었는데, 소설 '낮은 데로 임하소서.'였다.

바다가 보이는 길을 따라 내려가는데, 소설가 이청준 생가'라 적힌 안내판이 보인다. 안내판이 가리키는 대로 진목리 마을길로 접어들었다.

마을 입구의 길은 비좁고 가팔랐다. 조심스럽게 내려가 커다란 나무가 서 있는 마을 광장에 차를 세웠다.

가게도 없고 사람도 눈에 띄지 않는다. '누구에게 물어보나?'하며 두리번거리는데, 머리가 하얗게 센 할아버지 한 분이 부처님처럼 앉아 계신다. 그분에게 다가가서 물어보니 '저리 돌아서 가라.'며 친절하게 일러 주셨다. 거기에는 이청준 생가의 방향을 알려는 까만 색깔의 안내 표지가 붙어 있다. 그것이 지시하는 대로 좁은 골목길을 왼쪽으로 돌고 또 왼쪽으로 돌아 걸어가니 그 골목길의 끄트머리에 생가가 보인다.

대문 안으로 들어섰다. 왼쪽에 집이 한 채 있다. 기와지붕의 목조건물로 왼쪽부터, 작은 방, 말래(말래는 대청의 장흥 말), 안방 등이 나란히 있고 이어서 정제(정제는 부엌의 전라도 사투리), 그 오른쪽에 사랑방으로 연결되는 5칸 집이다. 물래(물래는 마루의 장흥 말)에는 방명록이 놓인 개다리소반이 하나 있다.

고개를 오른쪽으로 돌리니 장독대가 있고, 그 오른쪽에 손바닥만 한 텃밭이 있는데, 노랗게 핀 국화꽃 몇 송이가 환한 얼굴로 우리를 반긴다.

다시 오른쪽으로 돌아섰다. 대문 왼쪽에 이청준의 약력과 작품을 소개한 안내판이 서 있다. 생가의 규모에 비해 터무니없이 크다.

이청준 생가는 그 부지가 100평 정도로 소박했으나, 안내판에 소개된 그의 이력은 대단히 화려했다.

1972년 정진우 감독의 '석화촌', 세계적인 컬트 감독으로 추앙받는 김기영 감독의 '이어도'(1977), 맹인 목사 안요한의 일대기를 그린 이장호 감독의 '낮은 데로 임하소서'(1982), 국내 최초로 100만 관객을 돌파했던 임권택 감독의 '서편제'(1993)와 '축제'(1996), '천년학'(2006), 삶의 의미와 구원의 문제를 탐색케 하는 칸영화제 수상작인 이창동 감독의 '밀양'(2007), 그리고 2008 부산국제영화제 폐막작으로 상영됐던 윤종찬 감독의 '나는 행복합니다'(2008) 등 영화로 제작된 그의 소설이 8편이나 되었다고 소개하면서 문단에서는 그의 작품 세계를 '삶의 본질적 양상에 대한 소설적 규명에 나섰다.'라고 치켜세운다.

문학에 문외한인 내가 보아도 그의 업적은 놀라웠다.

이 중에서 영화 〈천년학〉은 내가 회진초등학교에서 근무할 때 회진면에서 촬영했었고, 장흥군 문화회관에서 시사회도 가졌다.

학교 운영위원장이 자기 집 돌담의 돌을 다 가져간다고 하는 말을 들었었는데, 어느 날인가 이회진마을로 가는 길목에 집이 한 채 보였다. 마치 70년대 주막집을 연상시키는 건물이다. 집 바로 앞에 펼쳐진 득량만의 너른 바다. 왼쪽에 높이 솟은 소나무, 그것들이 한데 어우러진 풍경을 보면서 '어쩌면 저렇게 아름다울까?' 이런 생각을 했었다.

나중에 알고 보니 그것은 영화 〈천년학〉의 촬영 세트였다. 빛바랜 주황색의 함석지붕과 허리를 굽혀야 들어갈 수 있는 낮은 목조건물, 한쪽 귀퉁이가 허물어진 돌담, 거적때기로 앞을 가린 측간(변소), 소설 '선학동 나그네'의 주인공 나그네가 머물렀던 주막이요, 영화 '천년학'의 주 무대이다.

　이 집의 건축 재료는 모두 이 지역에서 조달했다. 빈집을 뜯어서 마련한 목재와 함석, 오래된 돌담의 돌 등을 사용함으로써 10평 남짓의 작은 집 건축비가 자그마치 1억 5천만 원, 내가 사는 32평 아파트 시세보다 2배 이상 많은 돈이 소요되었다.

　고개를 들면 건너편에 선학동(행정 동명으로 이회진) 마을이 보인다. 그 마을의 뒷산을 찬찬히 보면 영락없는 학의 형상이다. 우뚝 솟은 봉우리는 바다 쪽으로 향한 학의 머리요, 좌우로 흘러내리는 능선은 비상하는 학의 날개이다. 그래서 영화 제목이 '천년학'이다.

　'이청준'이라는 걸출한 소설가 한 사람이 회진면의 아름다운 풍경과 인심을 세상에 널리 알리고, 지역사회 발전에도 크게 이바지한다. 2007학년도에 내가 교장으로 근무한 학교에서 장흥교육청 지정 연구학교를 운영한 바 있었는데, 그때 이청준의 동화 「동백꽃 누님」을 교재로 선택했던 것이 엊그제 일처럼 느껴진다. 열심히 공부해서 '제2의 이청준이 되어야 한다.'라고, 누누이 강조했던 그때의 기억이 새롭다.

쉬운 글쓰기에 대하여

2023년 동산문학 작가회 회장에 취임한 고병균은 〈쉬운 글쓰기 운동〉을 전개했다. 여기서 '쉬운 글'이란 시나 수필을 쓸 때 보기 쉽게 쓰기, 알기 쉽게 쓰기, 읽기 쉽게 쓰기 등 문장의 요건을 충족한 글이다. 쉬운 글쓰기 운동은 독자를 위한 글쓰기 운동이다. 독자가 쉽게 읽을 수 있는 작품, 독자가 공감할 수 있는 작품을 만들어내자는 운동이다.

이 운동은 문장 표현에 관한 운동으로 시나 수필을 쓸 때의 방법을 간략하게 소개한다.

시를 쓸 때
보기 쉽게 쓰기는 행과 연을 구별하여 쓰는 것이고
알기 쉽게 쓰기는 심상을 구체적으로 그리는 것이며
읽기 쉽게 쓰기는 반박법 등 수사법을 효과적으로 살려 쓰는 것이다.

수필을 쓸 때

보기 쉽게 쓰기는 서두와 본문 사이, 분문과 결미 사이에 빈 줄을 넣어 쓰는 것이고

알기 쉽게 쓰기는 표준어의 사용, 주어와 서술어가 호응하는 문장의 사용, 중심문장과 보조문장이 있는 좋은 문단의 사용 등을 지키는 것이요, 미사여구의 남발, 군더더기 문장의 사용 등을 자제하는 것이며

읽기 쉽게 쓰기는 열거법 등 수사법을 적절하게 활용하여 자연스럽게 읽어지도록 문장을 만들어내는 것이다.

이상의 표현 능력은 이론과 함께 실습하는 과정을 거쳐야 한다. 그 능력을 갈고닦는 노력을 끊임없이 실천해야 한다.

『하버드 글쓰기 강의』의 저자 베이그 교수는 글짓기에 필요한 것으로 글감과 표현 능력을 강조한다.

'글감은 작가 본인이 선택해야 한다.' '누구도 대신할 수 없고 가르칠 수도 없다.' 이렇게 강조한다. 그런가 하면 '표현 방법은 가르칠 수 있고 배울 수 있다.'라고 한다. 끊임없이 노력해야 한다고 주장한다.

표현 방법을 배양하기 위해 끊임없이 노력해야 한다는 베이그 교수의 주장에 전적으로 동의한다. 이런 까닭에 회장의 임기를 마쳤다고 하여 쉬운 글쓰기 운동을 멈출 수 없다. 나부터 실천하되, 나와 가까이 있는 분에게도 쉬운 글쓰기 운동에 동참하기를 권한다. 그리하여 우리의 언어문화가 고상하고 아름답게 변화되기를 소망한다.

〈쉬운 글쓰기 운동〉을 전개하는 동산문학작가회 회장(2023~2024년)

나의 생일

나의 생일은 음력 정월 초이튿날이다.
설날 남은 음식이 바로 나의 생일 음식이다.
아내를 만난 후에도
나의 생일 음식을 따로 장만하지 않았다.
그러려니 하며 살아왔다.

그런데 뜻밖의 일이 발생했다.
아이들이 나의 생일에 잔치를 베푼 것이다.
꿈에도 생각지 못했던
그 날들의 감격을
도무지 잊을 수 없다.

무술년 나의 생일

음력 정월 초이틀은 나의 생일, 조촐하게 마련한 상에 빙 둘러앉아 예배를 드렸다. 찬송하고 기도를 드리고 이어서 성경을 읽었다.

"그러므로 내가 하나님의 모든 자비하심으로 권하노니, 너희 몸을 하나님이 기뻐하시는 거룩한 산 제물로 드리라 이는 너희가 드릴 영적 예배니라." [로마서 12장 1절]

이 말씀에 기초하여 몇 마디 말을 덧붙였다.

'너희 몸을 하나님이 기뻐하시는 거룩한 산 제물로 드리라'라고 권한다. 그것이 '영적 예배'라고 한다.

여기서 말하는 '산 제물'이란 무엇일까? 구약 시대의 제물은 소나 양, 비둘기 등의 피였다. 예수님께서 십자가에서 피를 흘림으로 몸소 속죄 제물이 되신 것처럼 '몸을 산 제물로 드리라'라고 강조한다. 그것을 보면 주일에 교회 나가고 헌금하는 것만으로는 '영적 예배'가 되지 못한다. '영적 예배'를 '자기의 임무를 수행할 때 힘을 다해 충성하라.'라는 뜻으로 해석했다. 모두가 건강의 축복,

물질의 축복, 평화의 축복을 누리기를 바라며 이 말씀을 되새김했다.

그런데 '산 제물'이란 말 앞에 '하나님이 기뻐하시는 거룩한'이란 수식어가 붙어 있다. 이 말씀의 깊은 의미는 일상생활 중에 구체적으로 찾아본다.

예배를 마치고는 촛불을 켰다. '생일이면 왜 촛불을 밝힐까?' 나의 뜬금없는 물음에 둘째 사위는 '끄기 위해서요.'라고 한다. 그것도 일리는 있지만, 또 다른 의미가 있다. 촛불은 자기의 몸을 태워 주변을 밝힌다. 생명을 얻게 된 그날, 촛불을 밝히는 것은 자기 몸을 태워 세상을 밝히며 살라는 의미일 것이다. 이렇게 생각하면 '몸을 산 제물로 드리라.'라는 성경의 말씀과 일맥상통한다. 따라서 나의 남은 생애가 얼마나 될지 모르지만, 촛불처럼 세상을 밝히며 살리라 스스로 다짐해본다. 생각이 여기에 이르자 마음부터 숙연해진다.

올해 나의 생일은 특별하다. 개띠 해에 태어난 내가 열두 해를 여섯 바퀴 돌아 다시 황금 개띠 해를 맞이한 것이라 그렇다.

또 특별한 것이 있다. 어린 시절에 나는 생일상을 받아본 기억이 없다. 아울러 '생일 축하한다.'라는 덕담도 들은 바 없다. 생일이 설 다음 날이라 어른들의 눈치가 보여서 그랬는지 챙겨주지 않았었다. 그것이 결혼 이후까지도 이어졌다.

그런데 상황이 급반전되었다. 그것은 국가가 설날과

함께 앞뒤 하루씩 삼일을 공휴일로 지정한 것이다. 나의 생일 정월 초이틀은 국가가 지정한 공휴일이 되었다. 북한의 태양절과 맞먹는 날이 되었다. 얼마나 놀라운 일인가?

상황이 이렇게 달라졌음에도 나는 생일을 챙기지 못한 채 지내왔다. 그러다가 아버지께서 돌아가시고 큰딸이 결혼한 2010년 이후에야 겨우 생일상을 받았다.

명절이 되면 딸은 시가로 갔다가 이튿날 친정으로 온다. 이렇게 하는 것은 우리나라의 명절 관행이니, 딸도 딸의 시가 어른들도 당연한 일로 여긴다. 일부러 부르지 않아도 나의 생일이면 자동으로 모인다. 이것이 참 좋다.

명절이 되면 집집마다 음식을 장만한다. 우리 집에서도 마찬가지다. 아내는 용두동으로 가서 LA(엘에이)갈비를 사 오고 집 앞 마트에서 과일도 샀다. 섣달그믐날에는 아내와 단둘이 전도 지졌다. 음식이 푸짐하게 차려진 상 위에 딸이 준비한 케이크를 올려놓으니 근사한 생일상이 되었다. 음식을 따로 장만하지 않아도 좋다.

우리 가족의 생일은 큰딸이 태어난 12월부터 시작된다. 다음 해 1월에는 아내, 2월에는 작은딸, 조금 떨어져서 9월에는 아들의 생일이다. 그날이 다가오면 나는 금일봉을 보낸다. 서로 만나 음식을 나누며 다정하게 지내라고 그런다. 반면 나의 경우는 생일 축하금 대신에 세뱃돈으로 가름한다. 아이들에게 이중 부담을 주지 않아서 좋다.

이렇게 따지고 보니 나의 생일이 정월 초이틀인 게

정말 좋다. 아내나 아이들에게 일석삼조의 이점이 있다.

30년도 더 오래된 이야기이다. 나는 백부님을 뵈러 고향으로 간 일이 있었다. 큰맘 먹고 갔었는데 '그동안 전화도 하지 않았다.'라고 호되게 나무라셨다. 그때에는 무척 서운했었다. 그런데 내 나이가 당시 백부님의 연세와 같아지고 보니, 아이들의 안부가 궁금해진다. 백부처럼 그 소식이 몹시 간절해진다.

그런데 경기도에서 사는 큰딸과 서울에서 사는 작은딸이 건강한 모습으로 몇 시간의 시차를 두고 왔다. 최근에 결혼한 아들은 명절이면 근무해야 한다. 못 온 것이 아쉽지만 각자의 위치에서 맡은 바 임무에 충실하니 고맙다.

예배를 바쳤는데, 큰딸이 목포로 가자고 제안한다. 가슴이 풍선처럼 부푼다. 아내도 아이들도 그 표정이 밝다. 이게 바로 하나님이 기뻐하시는 일이 아닐까?

함께 떠나는 가족 여행이, 무술년 나의 생일을 더욱 특별한 날로 만든다. 목포로 가는 동안 잔잔한 행복감이 가슴 깊은 곳에서 솟구친다. 어린 시절 땀띠를 씻었던 고향의 옹달샘 서당 샘물처럼 뽕뽕 솟아오른다.

내가 오른 유달산

자동차가 멈춘 곳은 유달산 공원 입구, 하늘은 투명하고 맑다. 그래도 2월의 찬바람이 옷깃을 여미게 한다.

가파른 계단으로 공원 입구 광장에 올라섰다. '儒達山精氣(유달산 정기)'란 글자가 새겨진 커다란 표지석이 보인다. '목포 개항 110주년 기념' 표지석이다.

'유달산정기' 표지석

나에게는 목포가 생소하다. 1970년대, 1급 정교사 자격연수를 받기 위해 1개월 정도 머물렀는데 그때 연수를 받던 선생님들과 삼학도에 갔었고, 20년 정도 지나 초등학생들을 데리고 소풍을 왔다. 그 이후로 몇 번 다녀갔었지만 특별한 임무를 띠고 단체로 왔기에 목포의 명소 유달산을 오를 기회는 없었다.

등산로는 깔끔하게 개설되어 있다. 입구에 '유달산 둘레길'이란 팻말이 보인다. 여기서 몇 가지 정보를 얻는다.

유달산의 높이는 228m이다. 그다지 높은 산은 아니다. 도심에서 가까워서 찾는 사람이 많을 것 같다.

'백두대간과 호남정맥으로 이어지는 영산기맥의 시작점이자 종착지이다.'

'백두대간' '호남정맥' 이런 말들의 진정한 의미를 알지 위해 사전을 찾아본다.

'백두대간'은 우리나라의 최고 영봉인 백두산과 연결되어 있다. 거기서 시작된 산줄기가 한반도의 지붕이라 일컫는 개마고원을 거치고 한반도를 동서로 구분하는 강원도의 태백산맥을 타고 내려와 지리산에서 끝난다. 1,625㎞에 달하는 산줄기로 금강산 설악산 오대, 태백산 등의 명산이 여기에 있고, 한강을 비롯하여 낙동강 금강 등의 발원지도 여기에 있다.

'호남정맥'은 '백두대간의 주화산에서 갈라진 산줄기가 남쪽으로 내려오면서 영산강 유역과 섬진강 유역을 갈라 광양 백운산에서 끝나는 작은 산줄기'를 말한다.

'영산기맥'은 내가 처음으로 접하는 말이다. 노령산맥

과는 얼마나 다를까? 어느 분의 글에 이렇게 소개한다.

'영산기맥은 호남정맥이 내장산에서 백암산으로 내려가는 중간 지점 (순창 새재봉 530m를 말하는 것 같음)에서 새끼 친 산줄기로 총연장 길이 160여㎞며, 고창 영광 무안 함평을 거쳐 목포 유달산에 이른다.'

우여곡절은 있었지만 '백두대간'과 '호남정맥' 그리고 '영산기맥'에 관해 정리되었다. 어렴풋이 지도가 그려진다.

'옛 문헌에는 鍮(놋쇠 유)로 등장하나 구한말에 儒(선비 유)로 바뀌었다.'

'유달산鍮達山'이 '유달산儒達山'으로 바뀐 이야기다.

'조선시대 산 정상 부근에 봉수대가 있었고, 이순신 장군의 전설이 서린 노적봉 등 많은 문화유적이 산재해 있다.'

학창 시절 배운 노적봉이 친근하게 다가온다. 또 많은 문화유적이 산재해 있다니 어떤 문화유적이 있을지 궁금해진다.

'유달산은 신선이 춤을 추는 듯한 모양을 갖추고 있고, 바닷가에 위치하며 영혼이 거쳐 가는 곳이라 하여 일찍부터 사람들이 우러러보았다.'

'신선이 춤을 추는 듯한 모양'은 직접 확인할 수 없지만 '영혼이 거쳐 가는 곳'이란 말에서 재미있는 전설도 있을 것으로 예상된다.

고개를 들어 산의 정상을 바라본다. 상당히 가파르다. 그 중간에 단청으로 꾸며진 누각이 군데군데 보인다.

유달산의 정상을 향해 올라가다가 중턱에서 있는 '선유각'에 들어갔다. 누각 중에 제일 크다. 삼학도와 그 주변이 시원하게 보인다.

목포에 관해 아는 것이라고는 유달산과 삼학도의 이름 정도였던 내가 유달산을 오르면서 목포를 보다 깊이 이해하게 되었다. 아름다운 추억도 간직하게 되었다.

이 모두는 아이들이 베푼 새해의 특별한 선물이다.

유달산의 조형물

유달산에는 〈어린이헌장탑〉과 〈이난영 노래비〉 등 조형물도 있었다.

어린이 헌장 탑은 그리 크지 않은 데다 우거진 나무로 덮여 있어서 관광객의 눈에 잘 띄지 않았다.

그러나 손을 잡은 남자와 여자 어린이의 동상이 나의 눈을 사로잡는다. 그 모습이 역동적이어서 한참을 보아도 질리지 않았다. 그 옆에 안내하는 글이 새겨져 있는데 오래되었고 글자가 매우 거칠다. 더듬더듬 읽어본다.

'어진 사랑의 바다와 유달산의 이름으로 어린 새싹 위한 부신 영광의 깃발 여기에 꽂으니 노상 타는 멧부리 향한 노래와 기쁨에 살리니.

1965년 5월 5일'

'부신 영광', 이게 무슨 말일까? '눈부신 영광'일까? 그러나 '눈'자는 찾지 못했다. '노상 타는 멧부리'란 말도 있다. '멧부리'는 산의 꼭대기를 말하는데, '노상 타는'이란 말은 알 수 없다.

별로 길지 않은 글임에도 이해할 수 없다. 쉽게 썼으면 좋겠다는 아쉬움이 남는다.

위쪽에 〈이난영 노래비〉가 있다.

이난영의 본명은 이옥례, 1916년에 태어났으며 19세인 1934년에 대중가요 '불사조'로 데뷔한 가수다.

노래비에 새겨진 가사는 〈목포의 눈물〉이다. 1935년 레코드에 취입할 때의 가사와 2001년에 고쳐 쓴 가사 등 두 가지를 비교해 놓았다. 먼저 취입할 당시의 가사를 읽어본다.

사공의 뱃노래 감을거리며
삼학도 파도 깊히 숨어드는ㅅ대
부두의 새악씨 아롱저진 옷자락
리별의 눈물이냐 목포의 서름

삼백년 원안풍三栢淵 願安風은 로적봉 밋해
님 자최 완연하다 애닯흔 정조
유달산 바람도 영산강을 안으니
님 그려 우는 마음 목포의 눈물

깁흔 밤 쪼각달은 흘러가는데
엇지타 녯 상처가 새로워진다

못오는 님이면 이 마음도 보낼 것을
항구의 맺은 절개 목포의 눈물

이 노래를 취입한 시기는 해방 10년 전으로 우리 민족에게 슬픈 일이 많았던 시절이다. 당시 우리 선조들은 대중가요 '목포의 눈물'을 부르며 서러움을 달랬을 것이다. 남쪽이나 북쪽이나 그 감정은 같았을 것이다.

2001년에 고쳐 쓴 가사를 읽어본다.

사공의 뱃노래 가물거리며
삼학도 파도 깊이 스며드는데
부두의 새아씨 아롱젖은 옷자락
이별의 눈물이냐 목포의 설움

삼백년 원한 품은 노적봉 밑에
임 자취 완연하다 애달픈 정조
유달산 바람도 영산강을 안으니
임 그려 우는 마음 목포의 눈물

깊은 밤 조각달은 흘러가는데
어찌타 옛 상처가 새로워진다.
못 오는 임이면 이 마음도 보낼 것을
항구의 맺은 절개 목포의 눈물

두음법칙에 따라 '리별'은 '이별'로, '로적봉'은 '노적봉'으로, '녯'은 '옛'으로, '님'은 '임'으로 바꾸어졌다. 이 외에도 한글 맞춤법 통일안에 따라 번역한 것들이 있다. '감을거리며'는 '가물거리며'로, '깁히'는 '깊이'로, '숨어드는ᄉ대'는 '스며드는데'로, '새악씨'는 '새아씨'로, '밋해'는 '밑에'로, '애닯흔'은 '애달픈'으로, '깁흔'은 '깊은'으로, '쪼각달'은 '조각달'로 바뀌었다.

그런데 애매하게 번역한 것도 있다. 1연의 '아롱저진'을 '아롱젖은'으로 번역한 것이다. '아롱'이란 말은 '눈물이 뺨에 아롱지다.' 이런 뜻으로 쓰인다. 그리고 '젖은'의 기본형은 '젖다'이고 '눈물에 젖은 눈' '옷이 땀에 젖다.', '슬픔에 젖다.' 등으로 사용한다. '아롱저진' '아롱젖은' 아니면 '아롱져진' 어느 것이 가장 적합할까?

3연의 '엇지타'를 '어찌타'로 번역했는데 나로서는 무슨 말인지 알 수 없다.

그런다 해도 내가 함부로 왈가왈부할 일이 아니다. 〈어린이헌장탑〉에 새겨진 글과 〈이난영 노래비〉에 새겨진 가사는 개인의 창작품이니 존중해야 한다. 이러쿵저러쿵 시비할 일이 아니다.

그런데도 '글은 쉽게 써야 한다.'라는 생각을 지울 수 없다. 불특정 다수의 관광객이 찾는 공원의 안내판의 글이라면 더욱 그래야 한다. 조형물에 새기는 글도 그래야 할 것으로 판단된다. 자칫 잘못하면 외지에서 온 관광객에게 잘못된 정보를 제공하는 꼴이 되고 말기 때문이다.

유달산의 전설

'유달산은 신선이 춤을 추는 듯한 모양을 갖추고 있고, 바닷가에 위치하며 영혼이 거쳐 가는 곳이라 하여 일찍부터 사람들이 우러러보았다.'

이 팻말의 내용을 대변하는 듯 신기한 나무를 보았다. 공원 광장에서 정상으로 올라가는 등산로 입구에 나란히 서 있는 소나무 두 그루가 그것이다. 그냥 보면 평범한 나무인데 그 앞에 '사랑의 소원을 빌어보라.'는 안내판이 있다. 무슨 나무이기에 그럴까? 궁금하여 자세히 보았다. 서 있는 두 나무 사이의 거리가 1m 정도 된다. 그러니까 완전히 다른 나무이다. 그런데 나무의 줄기가 손을 뻗어도 닿지 않을 정도의 높이

'사랑의 연리지' 나무

에서 맞닿아 아예 붙어 있다. 유달산의 신비함으로 드러내는 듯 특이하다

안내판에는 이 나무를 남녀 간의 사랑 혹은 부부애를 상징하는 '사랑의 연리지'라고 소개한다.

등산로를 따라 올라간다. 올라가는 주변에 큼지막한 바위가 많이도 있다. 이것들을 감상하며 올라간다.

엄청나게 큰 바위가 데크로 만들어진 등산로 위쪽으로 불쑥 나와 있다. 아래쪽에서 보았을 때는 그저 밋밋한 바위였는데, 위쪽으로 올라가서 내려다보니 영락없는 고래다. 바닷물을 가르며 멋지게 헤엄치다가 빙그레 웃음 짓는 고래 모양의 바위, '고래바위'다.

조금 더 올라가니 성냥갑처럼 네모반듯한 모양의 바위가 서 있다. 목포 앞바다가 빤히 내려다보이는 위치에 누군가가 일부러 세워놓은 것 같은 '입석바위'다.

종 모양의 바위도 있다. 우리나라 사찰의 종각에 매달린 종이라기보다는 영화 〈누구를 위하여 종을 울리나?〉에 등장한 서양의 종을 닮은 '종 바위'다. 겔 상태의 바위 물을 위에서 부었을 때 그것이 높게 쌓이다가 흘러내린 듯 그 모양이 유연하다. 바위의 겉면을 보면 모래가 쌓여 있는 것처럼 느껴져서 손으로 만지면 금방 허물어질 것만 같다.

유달산의 정상에서 가장 가까이 있는 '마당바위'에 올랐다. 깎아지른 듯 솟아있는 바위의 꼭대기다. 마당이란 이름처럼 넓지는 아니하다. 거기에는 두 대의 망원경이 설치되어 있어 주변 경관을 살펴볼 수 있다. 왼쪽의 망

원경을 들여다보았더니 저 멀리 배가 보인다. 옆으로 누워있는데 망원경의 좌우를 꽉 채울 만큼 엄청나게 크다. 세월호가 아닐까 짐작된다.

'마당바위' 바로 옆 깊은 골짜기를 사이에 두고 한 무리의 바위가 서 있다. 마그마의 냉각과 응고에 의해 생기는 주상 절리로 다각형 기둥 모양의 바위다. 무등산의 입석대와 서석대를 생각나게 한다.

이들 바위가 유달산에서 가장 높은 곳임을 상징하는지 이름도 '일등바위'다. 이 바위에는 영혼에 관한 전설이 서려 있었다.

죽은 사람의 영혼은 일등바위에서 심판을 받는다. 그 영혼은 이등바위로 옮겨진다. 이등바위는 일등바위와 조금 떨어진 곳에 있다고 하는데 직접 보지는 못했다.

이 전설을 현대판으로 번역한다. '일등바위'는 극락세계로 갈 것인지 아니면 용궁으로 갈지를 판결하는 재판장이고, '이등바위'는 승차권을 받은 영혼이 대기하는 대합실이다. 목적지에 따라 개찰구도 다르고 이용하는 교통수단도 다르다. 극락세계로 가는 영혼은 세 마리의 학에 의하여 고하도 용머리로 가서 용이라는 항공기를 이용한다. 반면 용궁으로 가는 영혼은 거북섬으로 가서 거북이라는 여객선 아닌 잠수함을 탄다.

전설에서 언급한 '세 마리의 학'은 '삼학도'를 의미하는 듯하다. '고하도'와 '거북섬' 등의 지명地名이 나오는데 나중에 확인한바 '고하도'는 목포 앞바다에서 2㎞ 떨어진

곳에 있는 섬으로 2012년에 목포대교가 개통되어 육지와 연결되었고, '거북섬'은 목포와 압해도 사이에 있다고 한다.

이렇게 정리해놓고 보니 전설이 재미도 있고, 인간의 삶에 대한 교훈도 준다.

마당바위를 뒤로 하고 내려온다. 공원 광장에 가까이 내려왔을 때 정면 아래 '노적봉'이 보인다. 노적봉은 나무 한 그루 풀 한 포기 없는 바위였다. 봉우리라고 불릴 만큼 어마어마하게 큰 바위다.

노적봉 전설에서는 이순신 장군의 지략이 돋보인다. 전쟁을 수행하려면 식량이 넉넉해야 하고 군사도 많아야 한다. 그것을 적군에게 과시해야 한다. 그래서 지어낸 꾀가 바로 노적봉에 이엉을 엮어 노적가리처럼 보이게 위장한 것이 하나요, 영산강 강물에 회를 풀어 쌀뜨물처럼 보이게 하는 것이 둘이다. 이 엄청난 계획을 실제 행동으로 옮긴 사람은 바로 목포 사람들이다. 그 사람들이 위대하다.

2월의 따뜻한 햇볕을 받으며 우뚝 서 있는 이순신 장군의 동상이 노적봉을 빤히 내려다보고 있다.

유달산의 전설은 목포 사람들의 정신세계를 지배한다.

일등바위의 전설은 일반 시민들의 삶을 건전한 방향으로 유도하고, 노적봉의 전설은 국토 수호의 숭고한 역사의식을 끌어낸다. 그러면서 '나는 목포 사람이다.' 하는 자존감이나 긍지를 가지게 한다.

유달산의 문화재

유달산에는 문화재도 있었다. 오포대와 목포 천자총통
이 그것이다.

먼저 만난 것은 작은 누각 옆에 있는 '오포대'다. 그
옆에 서 있는 팻말의 글을 읽어본다.

오포대午砲臺

오포는 정오포의 준말로서 구한말과 일제 침략기에 포를 쏘아
정오를 알리는 신호였다. 목포에서는 1909년 4월부터 경기도
광주에서 옮겨온 포를 사용 중에 1913년 8월에 일본 야포로
바뀌었다. 일제 말에 두 개의 포를 모두 징발당했으며 그 후
사이렌으로 정오를 알렸으나 시민들은 여전히 "오포 분다."라고
하였다.

전남도는 1986년 11월 8일 이곳 유서 깊은 오포대를 지방문화
재 자료 제138호로 지정하였고 본 애향협의회에서는 이를 기
념 보존키 위해 천자총통(天字銃筒, 乙酉 1609년 조)과 후대의
차륜식포가車輪式砲架를 복원한다.

이 오포를 사용하기 시작한 시기는 109년 전이다. 그
때 사용한 포는 경기도 광주에서 옮겨온 우리 고유의 포

목포 천자총통

였다. 그런데 1913년 8월 일본 야포로 바뀌었다. 이는 우리 역사를 말살하려는 의도인 것으로 여겨진다.

정오를 알리는 사이렌 소리는 나도 들었다. 어릴 적에 어른들께서 '오포 불었냐?' 하며 물어보기도 했었다.

시계가 귀한 시절에 정오를 알리는 오포 소리는 목포 시민들의 생활에 중요한 위치를 차지했을 것이다. 그러나 전쟁 무기를 생활 도구로 사용한다며 비판하는 사람도 있었다. 비판이나 일삼는 사람의 나쁜 버릇이다.

그러고 보니 나의 외가에서 본 시계가 생각난다. 시계 추가 좌우로 흔들리는 벽시계로 한시에는 '땡' 두 시에는 '땡땡' 세시에는 '땡땡땡' 이렇게 정시를 알려주던 괘종시계. 외종형님이 의자를 딛고 올라서서 태엽을 감아주던 명물 시계가 1970년대까지 바깥 마루에 걸려 있었다. 마을 사람 아무나 보라는 외가의 배려로 이해된다.

또 다른 문화재가 있다. 오포대 바로 위쪽 널찍한 마

당에 전시된 '목포 천자총통'이다.

목포 천자총통天字銃筒

천자총통은 명종 10년 (을묘년 1555년)에 만들었다는 명문이
있는 것으로 조선시대 만들었던 총통 중 가장 큰 규모이다. 고
려 말 최무선 이 제작했던 대장군포를 발전시킨 것으로 기본
형태는 약통, 격목총, 부리의 세 부분으로 나눈다.

목포 천자총통이 만들어진 1555년은, 을묘왜란乙卯倭亂이 5월
에 있었던 해로, 이 총통은 왜인을 격퇴하기 위해서는 무엇보
다도 해상전에서 적합한 대형화기의 개발과 생산이 절실하였던
시대적 배경에서 만들어진 것으로 추측된다. 이 총통은 우리나
라 화기 중에서 명문이 명기된 최고最古의 것으로 학술적 가치
가 지극히 높은 국방과학문화재로, 우리나라 화기 연구에서 표
지적인 위치를 차지한다.

나는 1968년 3월에 입대하여 1971년 1월에 전역하기
까지 4.5t 포차가 끌고 다니는 155㎜ 곡사포 부대의 야
전포병으로 복무했었다. 155㎜ 곡사포는 두 개의 포 다
리를 여덟 팔八자 모양으로 벌여 안치한다. 부대가 이동
하려면 포차에 견인하는데, 장병 여덟 명이 들어야 할
만큼 무겁고 큰 포다.

목포 천자총통을 최대 사거리 15,000m나 되는 155㎜
곡사포에 비교할 바는 못 되지만 목포 바다를 향해 설치
된 그 위용이 대단하다.

옛 문헌에 따르면 목포 천자총통은 왜구(일본의 해적
떼)가 전라남도 해남의 달랑포로 쳐들어온 을묘왜란(조

선 명종 10년 1555년)과 관련이 있으며, 조선시대 제작된 포 중에서 그 규모가 가장 크고 가장 오래된(最古) 포라고 한다.

'오포'와 '목포 천자총통'이 두 개의 문화재는 진품이 아니다. 관광객들로 하여금 당시의 역사적 사실을 보고 느낄 수 있도록 복원한 것이다.

이 두 개의 문화재가 일반 관광객에게는 생소할지 모른다. 그러나 나는 이것을 바라보는 감회가 남다르다. 포대는 가물가물 사라져가는 코흘리개 어린 시절의 희미한 추억을 생생하게 되살려 주었고, 목포 천자총통은 군 복무 중에 다루었던 155㎜ 곡사포를 떠오르게 해서 그렇다. 이런 이유로 목포 천자총통의 주변을 돌아가면서 살펴본다. 뒤쪽의 포 다리, 옆쪽의 차륜, 앞쪽의 포신 등을 아주 진지하게 살펴보면서 군 복무 시절의 추억을 되새김했다.

목포애향협의회 관계자 여러분의 현명한 판단과 과감한 투자에 감사하며 그렇게 살펴보았다.

정풍논준 正風論峻

　오후 1시가 넘었다. 이제 식사하러 가야 한다. 그런데 명절 다음날이라 식당 대부분이 문을 열지 않는다. 어렵사리 찾아간 곳은 게를 전문으로 취급하는 식당이었다. 나는 새우나 게 등을 별로 좋아하지 않는다. 그런데 아이들은 달랐다.

　식사를 준비하는 동안 막걸리 한 잔 들이켰다. 노란 색깔의 막걸리를 들고 '건강해라', '자기가 맡은 임무에 충실해라.' 이런 마음으로 '위하여'를 외쳤다.
　음식이 들어왔다. 간장으로 졸인 게 음식이 넓은 접시에 담겨 상의 한가운데 놓였다. 그 옆에 홍어 돼지고기 묵은김치 등을 이용한 삼합, 간장에 졸인 새우, 게를 넣어 끓인 된장국도 나왔다.
　게 음식을 하나 집어 들었다. 한입에 먹을 수 있을 정도의 크기에 다리가 세 개씩 붙어 있다. 삼삼하여 먹을만하다. 게딱지에 밥을 넣고 게장으로 비벼서 먹었다. 아이들도 맛있게 먹는다. 밥 두 공기를 더 시켜서 비벼 먹는다.

그것을 보고 있노라니 기쁨이 샘솟는다. 이런 것을 행복이라 하는지 모른다. 나는 초등학교에서 근무할 때 학생들에게 행복한 감정을 심어주려 애를 썼다. 그 행복이 오늘 나를 찾아온 것 같다.

숨을 돌리고는 방안을 둘러 보았다. 벽면에 액자가 하나 걸려 있다. 한자로 된 액자인데 오른쪽의 두 글자를 '정풍'이라 읽었으나 왼쪽의 두 글자는 알 수 없다. 이리저리 궁리하다가 나의 처남에게 도움을 요청했다. 사진을 찍어서 카톡으로 보냈더니 잠시 후에 답장이 날아들었다. 시인이요 한문 연구가인 처남의 답변은 일목요연ㅡ
目瞭然했다.

[정풍논준正風論峻]
正 바른 / 風 모습 기질 / 論 논함 / 峻 준엄하게
바른 기질로 준엄하게 논함

[정풍논준正風論峻]은 출처가 분명하지 않다고 지적한다. 이것은 공자나 맹자와 같은 분들의 어록이 아니라는 것이요, 공인된 뜻풀이도 없다는 의미다.

그러나 식당 주인은 이 사자성어를 상당히 귀하게 여기는 것 같다. 식당 주인에게는 식당이 번창하기를 바랄 뿐 〈정풍논준〉의 출처가 무엇이냐? 하는 것은 그리 중요하지 않다. 다만 이 액자를 받을 때 그 뜻에 관해 설명은 들었을 것이다. 그 내용도 처남의 해석과 별반 다르지 않았을 것이다. 그래서인지 식당 주인은 우리가 자리를 잡았을 때 직접 와서 주문받았고, 가격이 얼마인지 밝혔으며, 식사가 거의 끝날 때쯤 또 와서는 무엇이 부족한지도 물었다.

주인의 이런 행동을 미루어 볼 때, 〈정풍〉을 경영 목표로 삼고, 〈논준〉을 경영 방침으로 삼아 식당을 운영하는 것처럼 느껴진다. 그런 영향 탓인지 2시가 훌쩍 넘었는데도 손님들이 여기저기 많이도 있다.

〈정풍논준〉의 정신을 실천한 것은 식당 주인에게 있어서 하나님을 기쁘시게 하는 일이었을 것이다. 그것 자체가 몸으로 드리는 산 제물이었을 것이다. 생각이 여기에 이르니 〈정풍〉이란 말을 붙잡고 식당을 경영하는 그가 존경스럽게 느껴진다. 아울러 그 말의 의미를 되새기게 한다.

갓바위

점심을 맛있게 먹었으니, 이제 '갓바위'로 간다. 아이들이 '갓바위'를 들먹일 때 나는 목포에 그런 곳이 있는지조차 몰랐다.

10여 분 달려왔다. 해변을 따라 아주 좁은 도로가 있다. 이 길 한쪽에 데크로 만들어진 산책로가 있고, 그것이 바다 위로 이어진다. 바람을 맞으며 기분 좋게 걸어가는데 저 멀리 영산강 하구언 둑이 보인다. 그러니까 내가 서 있는 이곳은 영산강의 민물과 남해의 바닷물이 만나는 지점이다. 당연히 플랑크톤과 같은 물고기의 먹이가 풍부할 것이다.

맑고 투명한 바닷물의 수면 위에 무엇이 둥둥 떠 있다. '무엇일까?' 궁금해하는 나에게 옆에 있는 관광객이 갈매기라고 알려준다. 날개를 펴고 멋지게 비행하는 갈매기는 보았어도 물 위에 떠 있는 갈매기는 처음 본다. 오리와는 달리 그 자세가 영 불안하다. 이리저리 옮겨다니지도 않고 물고기를 잡으려고 자맥질하는 동작도 없다. 부표처럼 한 자리에 둥둥 떠 있을 뿐이다. '물갈퀴가 없기 때문'이라고 또 가르쳐 준다. 이 분야에 조예가 깊은 분으로 여겨진다.

바다를 등지고 돌아섰다. 커다란 바위 두 개가 나란히 있다. 마치 삿갓을 쓴 사람처럼 보이는 '갓바위'다.

이 바위에는 슬픈 전설이 서려 있었다.

전설의 주인공은 가난한 아버지와 마음씨가 착한 아들이다. 아들에게는 병든 아버지가 있다. 너무나 가난하여서 아버지를 모시지 못하고 부잣집 머슴으로 들어갔다.

가난한 사람에게는 행운도 따르지 않는다. 마음씨가 착한 아들이니 마음씩 착한 주인을 만났으면 좋으련만 품삯도 제때 주지 않는 악덕 주인을 만난다. 그것을 견디지 못한 아들이 집으로 돌아왔는데 아버지는 이미 숨을 거둔 상태였다.

효성이 지극한 아들은 아버지를 양지바른 언덕에 묻어주려 시신을 옮기던 중 잘못하여 바다에 빠뜨리고 만다.

그뿐만 아니라 하늘 볼 낯이 없다고 삿갓을 쓴 아들, 시묘를 사는 효성이 지극한 아들을 기어이 죽게 만든다.

가난이란 불행은 참으로 잔인하다.

　가난은 나에게도 있었다. 학교에 다니기 전에는 무밥, 쑥을 넣어 끓인 죽, 심지어 송피를 넣어 끓인 죽도 먹었다. 학교에 다닐 때도 고구마 몇 조각으로 끼니를 때우던 날도 있었다.
　이런 가난은 나에게만 아니라 나라 전체가 그랬었다. 그 시절의 5~6월은 춘궁기였다. 지난해 수확한 쌀은 바닥이 나고, 햇보리는 아직 익지 아니하던 그때를 '보릿고개'라고 불렀다. 50여 년 전까지만 해도 우리나라 국민은 누구를 막론하고 보릿고개를 넘어야 했다.
　이랬던 대한민국이 지금은 풍요를 구가하고 있다. 그 지긋지긋한 가난을 벗어나게 한 것은 나보다 한 세대 빠른 어른들이 '잘살아 보세' 하며 밤낮으로 흘린 땀과 눈물과 피의 대가다. '갓바위' 전설이 그 교훈을 되새기게 한다.

　안내문에는 '훗날 이곳에 두 개의 바위가 솟았다.'라고 한다. 그리고 삿갓을 쓴 아버지와 아들을 연상하게 하는 이 바위 중 '큰 것은 아버지 바위 작은 것은 아들 바위'라고 한다.
　그 말에 동의할 수 없다. 우선 두 개의 바위 중에서 크고 작은 것을 분간하기가 쉽지 않다. 또 나의 아들은 키가 180cm가 넘는 데 비해 나는 겨우 168cm이다. 그러니 아버지는 크고 아들은 작다고 하는 말도 옳지 않다.
　바위에서 풍기는 느낌으로 구분해본다. 내가 바라보는

방향에서 오른쪽 바위는 앉아 있는 아버지처럼 보이고, 왼쪽 바위는 시중을 드는 아들처럼 느껴진다.

관광객들에게 아버지 바위와 아들 바위를 가려보게 하는 것도 재미있겠다.

갓바위는 어떻게 해서 만들어졌을까?

'과거 화산재가 쌓여 생성된 응회암과 융화질 퇴적암류 등이 오랜 기간 암석의 자연적인 풍화작용을 통해 만들어진 작품'이다. 또 '파도에 의한 침식작용, 소금에 의한 화학작용에 의해 오랜 기간 변해왔고, 지금도 변하고 있으며, 앞으로도 변해가는 기나긴 지질 및 지형 변화의 과정 중에 있다.'

안내문에서 이렇게 설명하지만, 거기에 나온 대부분의 과학 용어가 나에게는 어렵다. 그 중 딱 하나 공감되는 말이 있다. 그것은 '변한다'는 말이다. 세상 만물은 변한다. 식물도 변하고 동물도 변하고, 무생물인 '갓바위'까지도 변한다. 그 속도가 다를 뿐이다.

그런 이치에 따라 나도 변한다. 기왕에 변할 거라면 그 변화에 거스르지 않고 자연스럽게 따르기를 원한다. 그러면서도 모세처럼 죽음에 이르기까지 눈이 흐려지지 아니하고 기력이 쇠하지도 않기를 갈망한다.

월출산의 나무

    월출산 등산로의 입구 천황주차장에 도착했다. 작은딸 내외가 다녀오자고 하여 엉겁결에 따라왔다. 기온은 8℃ 바람은 1m, 햇볕이 따뜻하게 내리쬐는 기해년 음력설을 며칠 앞둔 2월의 오후, 맑고 시원한 공기가 가슴 깊이 들어온다.

    주차장 주변에는 로터리가 있고 그 한 가운데 '月出山 (월출산)'이라 쓰인 표지석이 높다랗게 서 있다. '月出山' 을 글자대로 풀이하면 '달뜨는 산'이다. '월출산 천황봉에 보름달이 뜬다.'라고 노래한 〈영암아리랑〉의 가사가 의미 있게 다가온다. 그 옆을 지나 천천히 걸어간다. 월출산에 오른 것은 나에게 처음이다. 딸과 사위가 가자고 하니까 따라서 왔을 뿐 내가 가고자 하는 목적지는 없다. 그냥 올라간다.

    널찍한 길 좌우로 벌거벗은 나무들이 도열하고 서 있 다. 그중 눈길을 끄는 나무가 있다. 도로변에 일정한 간 격으로 심어진 나무인데, 내 팔뚝보다 훨씬 굵은 줄기에 키도 크다. 배롱나무처럼 껍질이 벗겨지고 있는 게 특징 이다. 잎은 다 떨어지고 가지만 앙상하게 남은 이 나무의 이름을 나는 알지 못한다.

공원관리사무소 앞에 왔는데, 뜻밖에 '단풍나무'라 적힌 팻말이 걸려 있다. 앞에서 본 나무와는 다르다. 탐방로에 들어선 후로 '졸참나무', '노간주나무' 이런 팻말이 보이고 '노각나무', '사스레피나무', '소테나무' 등 생소한 이름의 팻말도 보인다. 어린 시절에 자주 들었던 '아그배나무'가 반갑다. 그 나무를 다시 보았다. 내 팔뚝보다 조금 가는 줄기가 오른쪽으로 활처럼 휘어져 있다. 팻말이 걸려 있기에 아그배나무인 줄 알 뿐 잎도 열매도 없는 이 나무를 구별해 낼 능력이 없다. 팻말을 달아준 분들이 고맙게 여겨진다.

걸음을 멈추고 팻말의 글을 읽어본다. 나무 이름, 분포 지역, 꽃이 피고 열매가 맺히는 시기 등이 적혀 있는데 '아그배 열매는 새들의 먹이가 된다.'라고 소개한다. 그것이 새삼 놀랍다. '세상에 쓸모없는 나무는 없구나.' 이런 생각도 든다.

무심한 듯 대롱대롱 달려있는 그 팻말이 나에게 또 한 번 감동을 준다.

월출산의 탐방안내소

　탐방안내소로 올라가는 길가에 등산화 세척장이 있다. 등산화 세척장은 무등산에도 있다. 직사각형 모양의 돌 그릇이 있고 거기에 눈만 쌓여 있을 뿐 흐르는 물은 없다. 수도꼭지에서 나오는 물을 사용하는 무등산과 달리 여기는 자연적으로 흐르는 물을 사용하는 것 같다.

　여기서 몇 걸음을 옮기니 '월출산천황야영장' 입구이다. 가로세로 4m 정도의 정사각형 데크마루가 40여 군데 있고 야외용 식탁도 하나씩 놓여 있다. 그 주변에 주차 공간이 있어서 가족 단위로 이용하기에 알맞은 시설이다. 사용료는 1회 15,000원, 성수기에는 19,000원을 받는다고 하며 전기도 사용할 수 있는데 모든 장비는 이용자가 지참해야 한다고 안내소의 직원이 알려준다.

　안내소 건너편 나무 사이에 커다란 바위가 있다. 머리를 죽 빼 들고 천황봉을 향해 힘찬 발걸음을 떼는 거북이처럼 보인다. 월출산의 경관자원 10경 중 제1경 거북바위다.

안내소를 지나가면 광장이 있고 거기에 '탐방로 입구'
라 쓰인 문이 설치되어 있다. 이 문에는 차단기가 두 개
나 있는데, 문 옆에 파란 단추를 누르니까 차단기가 올
라간다. 어느 정도 시간이 지나자 '시간이 되어 차단기가
내려갑니다.' 하는 멘트가 들리고 차단기는 내려온다. 이
런 시설을 갖춘 이유는 무엇일까? 들어가는 사람의 수를
헤아리기 위함일까? 특별한 의미가 있을 것이다.

탐방을 마치고 안내소 건물 안으로 들어갔더니 남자
직원이 반긴다. 탐방안내소는 2층 건물이었다. 월출산의
나무 등 관련 자료가 전시되어 있고, 영상을 볼 수 있는
시설도 있다. 등산객들이 자유롭게 이용할 자료가 잘 비
치되어 있다.

월출산의 시노암길

탐방안내소 앞 광장에서 '탐방로 입구'라 적힌 문 안으로 들어갔다. 거기에 '시노암길이란?' 제목의 안내판이 있다. 윤선도의 시비에서 〈시〉, 영암 아리랑 노래비에서 〈노〉, 바우제의 용바위에서 〈암〉, 이 글자들로 조합된 이름의 길이다.

고개를 들었다. 약간 왼쪽에 나란히 서 있는 두 개의 조형물이 보인다. 왼쪽의 조형물은 윤선도의 시비, 조선시대 가사 문학의 효시 윤선도가 월출산의 안개를 노래한 시인데 현대어로 고쳐서 풀어놓았다.

'월출산이 높더니만 미운 것이 안개로다 / 天皇(천황) 제일봉을 일시에 가리운다. / 두어라 해 퍼진 후면 안개 아니 걷히랴'

월출산은 왕으로, 안개는 간신으로 비유한 '朝霧謠(조무요)'라고 소개한다.

오른쪽 조형물은 이환의 작사, 고봉산 작곡의 〈영암아리랑〉 노래비, 영암 출신 가수 하춘화가 17세에 불러 사랑받은 대중가요다.

달이~ 뜬~다 / 달이~~~ ~~ 뜬다
영암~ 고~을~~~에 / 둥근 달이 뜬다~~
달이 뜬~다~ / 달~이~뜬다 /
둥~근~ 둥근 / 달이~ 뜬다

월출산~ 천왕~봉~에 / 보름달이~ 뜬다
아리랑 동동 / 쓰리랑 동동 /
에헤야 데헤야 / 어서와 데~야
달~ 보는 아~리~랑 / 임 보는 아~리~랑

가사를 읽노라니 노래가 저절로 나온다. 한 절이 끝나기도 전에 갈림길이 나오는데, 거기서 왼쪽으로 30° 정도 꺾으면 곧바로 '바우제 제단'이 나온다. 둥근 모양의 마당 한쪽에 상석床石이 놓여 있고 그 앞쪽으로 '용바위'가 떡 버티고 있다. 높이 8m 폭 9m나 되는 화강암 바위이다. 매년 10월에 '월출산의 자연 보전과 지역발전을 기원'하는 제사를 지낸다고 지나가던 등산객이 말해준다.

거기서 몇 걸음 더 내려가면 길이 끝난다.

길쭉한 이등변삼각형 모양의 '시노암길'을 조성한 이유는 무엇일까? 안내판에는 '월출산의 사라지는 향토문화재를 복원하고, 탐방객들에게 힐링의 공간을 제공하려는 것'이라고 밝혔다. 불과 300m의 짧은 길이었지만 그 길을 걷는 동안 1600년대 가사 문학과 1970년대 대중가요 그리고 무속 신앙 등 세 가지의 문화를 체험한다. 천기와 지기가 솟는 월출산의 묘한 기도 흡입한다.

천황사 오르기

'탐방로 입구 문으로 올라오세요.' 사위에게서 전화가
왔다. 멈칫멈칫하다 보니 덩그라니 나 혼자만 있다.

그 길은 눈이 쌓여서 미끄러웠다. 납작한 돌이 깔린
길이라 더 조심조심 올라간다. 도중에 내려오는 사람을
하나둘 만났다. 나보다 먼저 올라갔다가 내려오는 사람
도 있고, 10㎞나 되는 도갑사 쪽에서 넘어온 사람도 있
었다. 이들은 모두 지팡이를 짚고 등산화에 아이젠까지
착용하고 있었다.

"천왕사까지는 얼마나 될까요?"
"3분의 1쯤 왔습니다. 못 가겠으면 그냥 내려오세요.
해가 빨리 떨어집니다."
참 친절하기도 하다. 그때까지만 해도 나에게는 올라
가려는 목적지가 없었다. 미끄러운 길을 올라오다 보니
까 목적지가 있어야 할 것 같아서 무심코 물어본 것뿐이
다. 우연한 것이었지만 목적지가 정해지고 나니까 이상
하게도 의욕이 샘솟는다. 미끄러운 길이지만 올라가야지

하는 욕심도 생긴다. 인생에서도 목표나 목적이 필요한
이유이다.

오후 3시 6분, 느린 걸음이지만 상당한 시간 걸어왔는
데 겨우 3분의 1이라고 한다. 그래도 '가는 데까지 가보
자' 이렇게 생각하며 천천히 걸었다.
작은 계곡이 나오고 그 위로 장난감처럼 생긴 다리가
있다. 그것을 건너가니 대나무 군락지가 나온다. 바로
'신우대'다. 신우대는 볏과에 속한 여러해살이 식물로 높
이 2미터까지 자라고, 줄기는 가늘고 매끄럽고, 조리 만
드는 데 주로 사용한다. 잎은 긴 타원형이다. 내가 어렸
을 때는 잎으로 배를 만들어 물에 띄우며 놀았던 기억이
있다. 그 댓잎은 열을 다스리는 약재로 쓰인다고 한다.
꽃은 자줏빛이라고 하지만 본 적은 없다.

빽빽하게 밀집된 신우대 가운데 커다란 바위가 하나
있다. 바위 위에는 지나가던 탐방객들이 그랬는지 작은
돌탑이 어지럽게 널려있다.

탐방로는 위쪽으로 올라갈수록 눈이 많고 미끄러웠다.
그래도 조심스럽게 올라간다. '그만 내려갈까?' 이렇게
생각하고 있는데 갈림길이 있다. 거기에 세워진 이정표
를 보았더니, 오른쪽은 바람 폭포(0.8㎞), 구름다리(0.9
㎞)로 가는 길이고, 왼쪽은 천황사(0.1㎞)로 가는 길이
다. 아득하게 느껴졌던 천황사가 100m 앞이다. 용기가
샘물처럼 솟는다. 서슴지 않고 왼쪽 길로 접어들었다.

목적지가 있으니까 포기하지 않았고, 왼쪽으로 갈까? 오른쪽으로 갈까? 망설임 없이 방향을 쉽게 결정했다. 인생에도 목적이 있어야 할 또 다른 이유이다.

이 길은 지금까지 걸어온 길보다 더 가파르다. 길의 좌우에 신우대가 무성하여 햇볕이 들지 않는다. 그래서 눈이 녹지 아니하였고, 더욱 미끄럽다. 올라가는 길 좌우에 걸려 있는 오색등이 사찰로 가는 길임을 암시한다. 미끌미끌한 돌계단을 조심조심 디디며 올라간다. 오른쪽으로 구부러져 올라가다가 다시 왼쪽으로 구부러진 지점에서 숨을 돌리고는 고개를 들었다. 절의 건물이 손에 잡힐 듯 가까이 보인다. '다 왔구나.' 이런 생각이 들면서 또 힘이 솟는다.

천황사 마당에 올라섰다. '후우~' 한숨 돌리고 주변을 둘러보았다. 마당 가운데는 눈이 없다. 거기에서 젊은 남녀 한 쌍이 사진을 찍는다. 눈이 수북이 쌓인 가파른 계단이 보이고 그 위에 대웅전이 높다랗게 서 있다.

보기만 해도 미끄럽게 느껴진다. 삐끗했다가는 크게 다칠 것만 같다. '올라갈까? 말까?' 망설이고 있는데 마음속에서 그래도 올라가라고 재촉한다. 하는 수 없이 계단의 왼쪽으로 올라간다. 한 계단 오르고 또 한 계단, 22계단을 오른 다음 숨을 고르고는 또 24계단, 모두 46계단이다.

대웅전의 토방에 섰다. 좌청룡 우백호를 이룬 산등성이가 대웅전 앞쪽으로 길게 나와서 정면의 시야를 좁힌다. 그 사이의 풍경이 저 멀리까지 보여 시원하다. 대웅전의 왼쪽으로 돌아서니 웅장한 바위산이 내려다보고 있다. 울퉁불퉁한 바위들이 우락부락한 근육질의 남성처럼 나를 압도한다. 가까이하기엔 머나먼 당신이다.

이제 내려가야 한다. 계단을 내려다보니 아찔하다. 눈위에 도장을 찍듯 한 계단 내려 딛고, 한 계단 내려디뎠다. 이렇게 하여 내려왔더니 다리가 뻐근하다. 마당을 가로질러 오른쪽 가장자리에 있는 높은 은행나무 사이에 섰다. 또 내려가는 길이다. 뒤로 돌아서서 대웅전을 다시 바라보았다. '조심해서 내려가세요.' 하는 것 같다. 나 역시 '다녀갑니다.' 작별 인사를 하고는 돌아섰다. 조심스럽게 한 발짝 내려섰다. 심호흡을 하고 또 한 발, 바짝 긴장한 채로 내려간다.

등산을 별로 하지 않았던 내가, 설날 아침 천황사까지 올라온 것은 '월출산에나 다녀오시지요.' 하는 둘째 사위 덕분이다. 등산화도 신지 아니하고, 지팡이와 같은 등산 장비 하나 없이 무작정 따라나선 것이다. 그리하여 월출산을 찾아왔고, 조선시대 가사 문학의 효시 윤선도가 월출산의 안개를 노래한 시비, 하춘화가 불렀던 대중가요 '영암 아리랑' 노래비 그리고 매년 10월에 월출산의 자연 보존과 지역발전을 기원하는 제사를 지낸다는 높이 8m 폭, 9m나 되는 화강암 '용바위' 등이 있는 '시노암길'을 둘러보았고, 미끄러운 눈길을 걸어 천황사까지 올랐다.

가만히 생각해보니 이것은 지극히 잘못된 행동이다. 무심코 나왔다고 하지만 교만함을 드러내는 행위요, 조심하고 삼가야 할 무모한 도전이다. 그런데도 기분이 좋고 마음은 홀가분하다. 이런 맛을 느끼려고 무한도전을 즐기는지 모르겠다.

생일 나들이 2020 0202

"아빠, 내일 케이블카 타러 목포 가요."
아들의 요청이 있었다. 그러나 별로 내키지 않았다.
"아빠 생일을 축하하려고 그래요."
"굳이 거기까지 갈 필요가 있느냐?"
날씨가 차고, '우한 폐렴' 어쩌고 하면서 사람들이 모이는 곳에 가지 말라 한다. 그리고 면역력이 약한 손녀가 있다. 그래서 나의 반응을 별로다.
"집에만 있으니까 바람 좀 쐬 줄라고요."
더 이상 반대할 수 없다. 눈치도 없는 시아버지가 되기는 싫었다.

아침이 되었다. 손녀가 거실로 나온다. 이리저리 기어다니다가 안방으로 도로 들어간다. 침대 위로 올라가더니 금방 내려온다. 배를 깔고 한쪽 다리를 내려 딛고 또다른 쪽 다리를 뻗어 안전하게 내려온다. 그것이 재미있는지 올라갔다 내려오고 또 올라가기를 반복한다. 그 동작이 금방 익숙해진다. 연습의 효과를 몸으로 익히고 있다.

거실로 나오려던 손녀가 문을 닫는다. 잠시 기다리는데 문을 빼꼼 열고는 '까꿍' 한다. 요것 봐라. 걸음도 못 걷는 손녀가 할아버지를 놀리고 있다.

손녀는 텔레비전 앞으로 간다. 거실 장을 잡고 일어서서 전화기를 가지고 논다. 송수화기를 들었다 놨다 몇 번 하더니 그것을 왼쪽 귀에 댄다. 수화기가 아닌 송화기를 댄다. 이번에는 숫자 단추를 누른다. 고사리 같은 손가락으로 누른다. 그럴 때마다 '삐', '삐' 소리가 난다. 재미있었는지 한참 동안 그렇게 하며 논다.

손녀에게서 눈을 뗄 수 없다. 손녀를 데리고 온 것만 해도 생일 축하는 충분하다. 손녀의 하는 짓거리를 바라보는 것만으로도 만족하다. 그런데 손녀와 함께 나들이를 간다. 마음이 둥둥 뜬다.

예배를 다녀오니까 12시 30분, 이것저것 준비하여 집을 나섰을 때는 2시가 거의 되었다. 일행은 나와 아들 그리고 손녀까지 개띠가 셋이고 아내와 며느리를 합하여 다섯이다.

목포의 어느 식당에서 늦은 점심을 먹고 케이블카를 타러 갔다. 우리는 하얀색 캐빈에 올라탔다. 케이블카에서 바라보는 주변 풍경은 말이 필요 없다. 중간역인 유달산 스테이션에서 내렸다.
유달산의 절리 바위, 바다와 주변의 섬들, 그 위로 길게 뻗은 대교 등 다도해해상국립공원의 풍경이 눈에 들어온다. 그것을 바라보고 있자니 입이 딱 벌어지고 '와~' 하는 소리만 연달아 나온다.

다시 캐빈을 타고 고하도 종점에 왔다. 모두 내리라고 한다. 광장처럼 넓은 공간이 있고 사람들이 붐빈다. 그 틈에서 손녀를 챙기려 하니 정신이 없다.

그때 아들이 따라오라고 손짓을 한다. 엘리베이터를 타고 아래로 내려갔다. 그곳 창구로 다가가서 무어라고 하더니 사진을 찍으라고 한다. 손녀가 먼저 사진을 찍었다. 이어서 며느리가 찍고 아내도 찍고 나더러 찍으라고 한다. 명사 모르고 사진을 찍었다.

한참 동안 멍 때리고 앉아 있는데, 이름표를 내준다. 방금 찍은 사진이 들어있는 예비사진작가증이다. 케이블카를 타고 오가는 중에 볼 수 있는 풍경을 사진으로 남기라는 의미인 것 같다. 재미를 더해 주는 관광 상품이다.

돌아올 때 바라본 풍경은 더 환상적이다. 수평선 멀리 섬 끄트머리에 걸려 있던 해가 꼴딱 넘어가면서 하늘을 붉게 물들인다. 고하도의 섬 모양을 따라 설치된 네온사인이 반짝반짝 빛을 발한다. 그 풍경에 취해 넋을 잃고 바라본다.

나의 양력 생일은 2월 3일이다. 그날이 월요일이라 아들이 근무해야 한다. 그래서 하루를 앞당겼는데 이날의 날짜를 숫자로 쓰면 '2020 0202'다. 숫자의 배열이 좌우 대칭을 이룬다. 묘한 기분이 든다.

그러고 보니 두 딸도 나의 생일을 축하해주었다. 2019년에는 둘째 딸 내외와 영암 월출산을 다녀갔고, 2018년에는 큰딸 내외와 목포 유달산에 다녀갔다. 그 호강을 이제야 깨달았다. 그 고마움에 답하는 마음으로 덕담 하나 남긴다.

"금년에도 맡은 바 임무에 충성해라."

이 덕담은 각자의 업무를 감당할 때, 자기 능력을 적극적으로 사용하라는 것이다. 품위 있게 사용하고, 질서 있게 사용하라는 것이다. '잘하였도다. 충성된 종아' 이런 칭찬도 받고, '네가 작은 일에 충성하였으매, 내가 많은 것으로 네게 맡기리니 네 주인의 즐거움에 참여할지어다.' 이런 축복도 받으며 살라는 것이다.

제8회 가오문학상 수필 부문 대상 수상 소감 발표

아내는 MVP

살아오는 동안 나의 삶에 영향을 끼친 사람이 많다.
먼저는 부모님이요, 집안의 어른들이고,
자라는 중에는 학교의 선생님과 친구들이며,
이후에는 아내와 아이들이다.

나의 삶에 가장 많은 영향을 끼친 자는 아내다.
나에게 행복한 보금자리를 만들어주었고,
사랑하는 딸 둘과 아들 하나를 낳아 훌륭하게 길러주었다.
요즘에는 쭈글쭈글 주름진 내 얼굴에
크림을 바르라고 잔소리하는 그 아내가 내게는 MVP다.

아내의 눈물

"○○야, 나 죽겠다."

장모님의 하소연이다. 아내는 장모님을 입원시켜드린다. 조금이라도 건강이 회복되면 장모님은 돈 많이 든다고 하며 퇴원하자고 조르신다. 퇴원하신 장모님을 우리 집으로 모시고 온다. 죽을 쑤어드리며 고찰한다. 그 기간이 최소 1년 반이다.

"우리 집으로 갈라네."

"가지 마세요. 이번에 가시면 죽습니다."

만류하지만 소용없다.

"자네 보기에 미안해서 그러네."

말씀은 이렇게 하시지만, 실상은 사랑하는 아들을 보고 싶은 것이다. '식사는 어떻게 할까?' '빨래는 했을까?' 남편 대신 의지하며 살아온 아들의 일상이 궁금하다. 도무지 견딜 수 없다.

당신의 집으로 가신 장모님 어떻게 지내실까? 3개월이 못 되어 도움을 요청한다. 90이나 되신 장모님, 당신 스스로 밥하고 빨래하고 청소하는 집안일이 버겁다. 고찰해준 사람이 없으니 당연히 영양도 부실하다.

장모님의 이런 삶은 최근 3차례나 반복되었다.

'오빠가 있는데 내가 왜 이래야 돼?' 하며 아내는 불평도 하고 짜증도 낸다. 그렇지만 아내는 효녀였다. 어머니와 대화를 나누는 효녀였고, 어머니의 간청을 거절하지 않는 효녀였다.

이랬던 아내가 세 차례나 울었다.

해가 뉘엿뉘엿 넘어가고 어둠이 깔리는 6월, 어머니의 죽음을 알게 된 그 순간, 아내는 땅바닥에 펄썩 주저앉아 울었다. '엄니~', '엄니~' 하며 눈물을 펑펑 쏟아냈다. 이것이 첫 번째 흘린 눈물이다.

어머니의 시신에 염을 하고 수의를 입혀드리기까지 숨죽여 지켜보던 아내는,

"자, 마지막입니다. 손을 잡아드리고 하직 인사하세요."

장례 지도사의 말이 떨어지자 또 울었다.

'늦은 밤 거실에서 텔레비전만 시청하는 어머니와 대화라도 더 나눌걸.'

'제6회 지방선거 때, 투표장에라도 모시고 갈걸.'

'휠체어에 태우고 아파트 마당이라도 한 바퀴 휘익 돌걸.'

생전에 해 드리지 못한 아쉬움이 부메랑이 되어 돌아온 것일까? 갓난아기가 옹알이하듯 중얼거리며 울었다. 봇물 터지듯 눈물을 흘렸다. 이게 두 번째 흘린 눈물이다.

장모님의 시신은 부산면 선영에 묻혔다. 하관 예배가

진행되는 동안 어머니의 머리맡에 쪼그리고 앉아 있던 아내는 처남이 삽으로 흙을 떠서 휘익 뿌리는 순간, '엄니~' 하며 또 울었다.

아버지를 불러보지도 못한 채 자란 유복녀 그런지, 28살의 꽃다운 나이에 남편과 생이별한 어머니의 기구한 삶이 가슴에 맺히는지, 자기 나이와 같은 64년의 기나긴 세월 동안 과부로 살아온 모진 인생이 안타까운 것인지, 아내는 서럽게 서럽게 울었다. 뜨거운 눈물을 한없이 흘렸다. 이게 세 번째 흘린 눈물이다.

아내의 울음소리는 하얀 민들레 꽃씨가 되어 살랑거리는 바람을 타고 허공으로 흩어진다. 와이파이(Wi-Fi) 물결처럼 멀리멀리 퍼져나간다. 아내가 흘린 눈물은 부산면 넓은 들을 가로지르는 탐진강의 강물에 섞여 흐른다. 젊은 시절 어머니가 밟았던 그 들판을 촉촉하게 적신다.

사라진 아내

　일요일 아침이다. 아내가 보이지 않는다. 안방은 물론 주방에도 없고, 화장실에도 없다. 아무리 둘러보아도 흔적이 없다.

　장모님께서 떠난 지 2주가 되었는데도 아내는 마음으로 어머니를 떠나보내지 못한 듯하다.

　침대 위에는 이부자리가 가지런히 정돈되어 있고 핸드폰에서는 '카톡' 하는 신호음이 울린다. '어디로 갔을까?' 도저히 짐작이 가지 않는다. '어머니가 보고 싶었을까?' 생각이 여기에 미치자 가슴이 덜컥 내려앉았고 마음이 다급해졌다.

　급하게 자동차를 몰았다. 너릿재 터널을 통과하여 화순읍에 들어선 자동차는 뻥 뚫린 4차 도로를 시원하게 달린다. 능주읍을 지나 다리를 건너면 춘양면이다.

　장흥군 관내 초등학교에서 교사로 근무한 1년 6개월과 교장으로 근무한 3년 동안 나는 이 길을 지나다녔다. 현재의 외곽도로가 개설되기 훨씬 전이다. 그때는 도로변에서 찐빵 파는 사람이 있었다. 이곳을 지날 때면 장모님께서 '아야, 빵 좀 사라.' 하시며 2천 원을 내놓기도 하셨다.

세월이 흘러 거동이 불편해진 장모님, 나들이도 못 하시고, 대화 상대도 없는 장모님을 생각하며 찐빵을 사다 드리면 장모님은 '나 먹으라고 사 왔는가?' 반색하신다. 그 장모님의 환한 얼굴이 자동차 차장에 잠깐 비쳤다가 사라진다.

이양면을 지나면 2차 도로이다. 청풍면의 꼬불꼬불 산골길을 달려 곰치 고개를 넘었다. 여기서부터는 장흥군 장평면이다. 다시 시원하게 뚫린 왕복 4차 도로를 쏜살같이 달려 유치면 보림사 입구를 지나고 경치도 아름다운 장흥댐 주변을 스쳐 듯 지나 부산면에 다다랐다.

이렇게 달려오는 동안, '어디로 갔을까?' 이런 궁금증이 떠오를 때면 불안감이 엄습했다 사라지기를 서너 차례 되풀이되었다.

9시가 조금 넘어 처가의 제각 주변에 도착했다. 가파른 언덕을 오르면 장모님의 산소가 있다. 고관절 부위가 뻑뻑해지고 발걸음이 떨어지지 않는다.

언덕배기에 올라섰다. 묘의 봉오리 위를 검은색 그물망이 덮고 있다. 잔디가 빗물에 씻겨 내려가지 않도록 보호한다고 처남이 쳐놓은 것이다. 인기척이 없다.

"○○야?", "○○야?"

"……."

"강○○~!"

더 크게 불렀다. 대답은커녕 메아리도 없다. 기다릴
수도 없고 그냥 돌아올 수도 없다. 진퇴양난이다.

아들의 핸드폰으로 전화를 걸었다. 애타는 내 마음을
아는지 모르는지 응답이 없다. 벨 소리가 더 큰 유선 전
화로 아들을 깨웠다.

"목욕탕에 갔었는디……."

아내의 목소리가 들린다. 그 순간 '쪼르륵' 소리가 난
다. 시장기가 느껴지면서 금방 쓰러질 것만 같다. 빵을
하나 꺼냈다. 아내와 함께 먹으려고 샀던 크림빵이다. 달
콤한 크림이 입 안에서 살살 녹는다.

숨을 들이마셨다가 내쉬면서 고개를 들었다. 들판을
가로질러 저 멀리 기동리 마을이 눈에 들어온다. 마을
뒷산의 소나무 숲에서 한 무리의 새 떼가 날개를 퍼덕이
며 하얗게 수를 놓는다. 그 사이로 아내의 얼굴이 보인
다. 빨리 오라고 손을 흔든다.

아내에게 보낸 편지

사랑하는 ○○씨

축하합니다. [2016 국제기로미술대전]에서 동상을 수상한 것 진심으로 축하하고 박수를 보냅니다. 힘써 노력하는 당신이 진정 아름답습니다.

당신이 서예를 배우기 시작한 것은 지난해 9월, 짧은 기간이지만 당신은 무척 열심이었습니다.
'배운지 1년도 안 된 신인인데…….'
출품하라는 강사의 권유에 불평 아닌 불평을 하면서도 시간 가는 줄 모르고 글씨 쓰기에 몰두했었습니다. 밤 11시가 넘도록 놀리는 손을 멈추지 않았습니다. 붓을 들고 씨름을 했습니다.
아마 1달 정도는 그렇게 노력한 것 같습니다. 그런데도 당신은 힘들다고 푸념하지 않았습니다. 오히려 즐기는 것 같았습니다.

내가 당신에게 서예를 배우라고 강권한 데에는 특별한

사연이 있습니다.

장모님께서 돌아가신 이후 당신은 말수가 현저하게 줄었습니다. 저녁이면 불도 켜지 않은 안방에 우두커니 앉아 있었습니다.

어느 날 아들과 함께 모 식당에서 식사할 때였습니다. '여기 왔었지?' 하고는 숟가락을 놓고 말았습니다. 석 달 정도 지났는데 사람들과 만나는 것을 꺼렸었고, 기운을 차리지 못했습니다.

멀리 사는 딸들이 위로하고 아들이 달랬지만, 소용이 없었습니다. 도무지 나아질 기미가 보이지 않았습니다.

'사람들과 대화를 나누면 좋아질까?' 이렇게 생각하여 구역 식구들을 초대했습니다. 그러나 변함없었습니다. 특별한 조치가 필요하다고 생각했습니다.

"이거 당신 것이야."

탁구 라켓을 불쑥 내밀며 탁구장으로 이끌었습니다. 그러나 움직이려 하지 않았습니다. 생각다 못한 나는 식사할 때마다 탁구장에서 있었던 일을 들려주었습니다. 듣는 거나 말거나 주섬주섬 늘어놓았습니다. 복지관 정자에서 상추쌈을 했다는 이야기, 뇌수술을 받은 홍 여사가 건강을 회복하고 우울증도 극복했다는 이야기 등을 흘렸습니다.

이런 것 때문인지 슬그머니 따라왔습니다. 그리고 나에게서 탁구를 배웠고, 결국 우울증도 이겨냈습니다.

그것도 잠깐, 또 위기가 찾아왔습니다. 당신은 탁구

배우는 속도가 몹시도 더디었습니다. 게임이라도 한 다음에는 '서비스도 가르쳐 주지 아니하였다.', '커트도 안 배웠다.'라고 불평하면서 '배우기 싫다.'라고 말했습니다.

장모님의 삼우제를 마친 날입니다. 처남은 처가의 뒤란으로 나를 데리고 갔습니다. 거기에 서 있는 동백나무 가지를 가리키며 말했습니다.
"여기 아버지의 함자가 있네."
거기서 음각으로 새겨진 장인어른의 휘諱를 보았는데 나는 깜짝 놀랐습니다. 글씨를 보자마자 '예술이다.' 이런 생각이 들었기 때문입니다.

"자네 장인은 장흥군에서 소문난 명필이었네."
82세나 된 사촌 처남이 문중 일로 바삐 놀리던 손을 잠깐 멈추고 한, 이 말도 생각났습니다.
'그렇다! 아내는 자기 아버지, 장인어른의 재능을 이어받았을 것이다.' 이렇게 예상하여 서예를 배우라고 강권했던 것입니다.

"상 받는 것은 꿈도 꾸지 않는다."
작품을 제출하던 날, 당신은 이렇게 말했었습니다. 그런데 당신은 놀랍게도 동상을 받았습니다. 서예를 배우기 시작하여 맨 처음 받은 상인데, 입선을 넘고 특선도 건너뛴 동상이었습니다. 예상 밖의 놀라운 일입니다.

이런 당신의 쾌거는 나에게 자극제가 되었습니다. 그

래서 문학상에 도전하려고 합니다. 몇 차례 실패한 쓰디쓴 경험이 있지만 상관하지 않고 글쓰기에 매진하려 합니다. 새벽같이 일어나 컴퓨터의 자판을 더듬더듬 두드리며 글을 씁니다. 기도하는 마음으로 글쓰기에 정성을 기울입니다.

우여곡절은 있었지만, 당신은 탁구와 서예를 취미로 갖게 되었습니다. 복지관에 가면 나와 탁구 치며 운동을 하고 집으로 돌아오면 당신은 서예를 즐기고 나는 글짓기를 합니다. 그렇게 하면서 노년의 삶을 아름답게 장식하고 있습니다. 이 모든 것 당신이 있어 가능합니다.
그래서 감사합니다. 존경하고 사랑합니다.

2016년 5월 일
항상 부족한 당신의 남편이

아내는 MVP

2017년 6월 22일(목), 그날은 효령노인복지타운에서 탁구대회가 열리는 날이다.

아내는 이번 탁구대회에 나갈 뜻이 없었다. 게임을 할 때마다 진다는 게 이유다. 그러나 어떤 대회이건 최종적으로 이긴 사람은 하나뿐, 나머지는 모두 진다. 또 지는 것을 경험할 필요도 있다. 이런 이유를 들어 등록 마지막 날, 퇴근 시간이 다 되어서야 아내의 이름을 적어 넣었다. 그 수준을 '최상'이라고 썼다.

장난으로 그랬었는데 나중에 보니 등록선수 20명 중 아내만 '최상'이고 나머지 19명은 모두 '하'였다. 이것 때문에 아내도 웃고 다른 회원들도 웃었다.

"나, 서예 배우러 가야 해."

당일 아침까지도 이런 핑계를 대던 아내가 짝을 정하는 추첨에서 나를 뽑았다. 그러고는 박진감 넘치는 경기를 펼쳤다. 참 이상한 일이었다.

오전에 예선 리그전을 펼쳤는데, 아내의 파이팅에 힘입어 조 2위로 준결승전에 진출했다. 준결승전은 오후에 진행한다. 그 상대는 신 여사와 홍 여사 조, 이들은 나를 이긴 경험이 여러 번 있다. 그런데 이상하게도 공격력이 좋은 신 여사는 공격의 실마리를 찾지 못했고, 백 공격이 날카로운 홍 여사도 실수를 연발했다. 그 결과 3:0으로 완승했다. 그때까지만 해도 아내의 이상한 점을 깨닫지 못했다.

결승전의 상대는 최 선생과 김 여사 조, 특히 최 선생은 좌우 구석을 찌르는 공격이 날카롭다. 회원들은 그를 경계 대상 1호로 삼는다. 나도 그렇게 생각한다.

이런 상대를 만났음에도 아내는 전혀 기죽지 않았다. 공이 다소 높게 넘어와도 어쩔 줄 몰라 쩔쩔매던 그런 아내가 아니었다. '기회가 왔다.' 싶으면 거침없이 공격을 시도했고, 그것이 상대방의 테이블에 멋지게 꽂혔다. 정말 놀라운 경기력을 보였다.

이렇게 되자 탁구 회원들도 숨죽여 관전한다. 아내가 이상하다는 낌새를 눈치챈 것은 3세트 경기에서였다.

아내의 거침없는 공격으로 초반 점수는 2:0. 3:1. 5:1 우리가 앞선 상태로 엔드를 바꾸었다. 이후에도 1점씩 주고받아 점수는 10:6, 매치 포인트만 남았다. 다소 안심이 되면서 긴장감이 떨어진다.

그러나 방심은 금물이다. 김 여사가 넣은 서브를 아내가 리턴한다. 그 공이 다소 높다. 최 선생이 찬스라는 듯 라켓을 휘두른다. 우리 테이블 오른쪽 깊숙이 파고들면서 실점했다. 점수는 순식간에 10:8로 좁혀졌다. 손에서 땀이 나고 침이 꼴딱 넘어간다.

이제는 아내의 서비스다. 나는 아내 앞으로 바짝 다가섰다. 최 선생의 공이 빠르다고 해도 라켓만 정확하게 대면 이긴다. 이런 생각으로 오른쪽 공격에 대비했다. 그런데 엉뚱하게도 왼쪽을 노렸다. 허무하게 실점하여 10:9, 막다른 골목이다. 이번마저 점수를 내주면 듀스가 되고, 결과는 안개 속으로 빠져든다. 침이 마른다.

심호흡을 하고는 서브할 공을 아내에게 건네며 귓속말로 속삭이듯 주문했다.

"빠른 서브를 넣어."

아내는 서브 실수를 자주 한다. 길게 짧게, 빠르게 느리게, 회전의 방향이나 강약 등을 조절하는 능력도 떨어진다. 그래서 간단명료하게 주문했다. 알아들었는지는 모른다.

자리를 잡았다. 아내의 프리핸드 손바닥을 떠난 공이 위로 솟아오른다. 라켓을 흔들어 때린다. 약간 빠르게 넘어간다. 최 선생이 몸을 비틀면서 특유의 동작으로 라켓을 휘두른다. 내가 예상한 대로 왼쪽을 공략한다. 라켓을 빠르게 갖다 댄다. 공이 워낙 빠른지라 그 공을 받아낸다고 장담할 수는 없다. 결과는 운에 맡기고 그렇게 했다.

"와~!"

순간 함성이 터졌다. 최 선생이 강하게 때린 공이 빠르게 날아오다 네트에 걸렸다. 우리가 이겼다. 아내가 해냈다. 참으로 진땀 나는 승부였다.

상대의 실수를 유도하려 했던 나의 전략을 아내가 꿰

뚫어 알아챈 것인지 실수 없이 임무를 수행했다. 참으로 신기한 일이다.

　나는 20대에 처음으로 탁구 라켓을 잡았다. 그러나 심심풀이로 쳤을 뿐 정식으로 배운 적은 없다. 이름난 탁구대회에 출전한 경험도 없다. 더구나 요즈음에는 체력이 떨어지면서 20분만 쳐도 기진맥진이다. 또 시력에 문제가 생겼다. 상대방의 공이 빠르면 네트를 넘어오는 순간 보이지 않았다가 코앞에 다가오면 다시 보인다. 이런 핸디캡 때문에 애초부터 우승을 기대하지 않았다. '지면 어쩌나?' 염려하는 아내에게도 '그냥 지면 된다.'라고 위로했다.

　이랬던 우리가 웃었다. 기쁘다. 비록 노인들만 참가한 대회였지만, 우승 상장을 받은 것이 기쁘다. 다른 사람 아닌 아내와 짝을 이루어 거둔 쾌거라 더 기쁘다.

　그런데 아무리 생각해보아도 아내가 이상하다. 탁구를 배운지 3년도 채 안 된 아내, 평소에 어리바리하던 아내가 이날 경기에서는 신들린 듯 놀라운 실력을 발휘했다. 그 이유는 무엇일까? 등록할 때 수준을 '최상'이라 쓴 것 때문일까? 나와 짝을 이룬 것 때문일까?

　도무지 알 수 없지만, 이날 탁구대회의 MVP(주 : most valuable player. 최우수 선수)를 뽑는다면 나는 단연 아내를 추천한다.

결혼 예복

　오랜만에 양복을 한 벌 샀다. 현재 있는 옷을 입어도 괜찮다고 말했어도 아내는 성화다. '딸의 결혼인데 그것도 첫 번째 딸인데…….' 하며 종용한다.

　아내는 한복은 빌려 입는다고 한다. 다른 분들한테서 들은 말이라고 하면서 '한복 한 벌에 5~60만 원'이라고 했다.

　아내와 함께 한복을 빌리는 가게를 찾았다. 매장에 들어서니 예쁘게 차려입은 마네킹이 즐비하게 늘어서 있다. 눈을 즐겁게 한다. 안내하는 여자분은 피로연에서 입는 옷과 결혼식장에서 입는 옷이 다르다고 하면서 2박 3일 정도 빌리는 데, 10만 원이라고 했다. 그런대로 괜찮다는 생각이 들었다. 매장을 나서는 순간 그 생각이 달라졌다.
　피로연과 결혼식 날짜 사이에 2주의 시간이 있다. 그리고 피로연은 광주에서, 결혼식은 경기도 안산에서 한다. 따라서 피로연에서 한번 결혼식장에서 한번 이렇게 하면 비용도 20만 원이 된다. 그것도 만만치 않다. 그도 그렇지만 아내에게 미안한 생각이 든다.

내가 언제 아내에게 반반한 옷 한 벌 해주었던가? 결혼할 때도 아내에게 어떤 옷을 해주었는지 생각나지 않을 정도이다. 그동안 무심해도 너무 했다.

용강에서 하나지로 다시 창몰로 살림을 무려 열다섯 번이나 옮겨야 했던 아내, 병치레하는 아이들 때문에 애를 태웠던 아내, 집을 장만하느라 얇디얇은 지갑을 쪼개고 또 쪼개서 알뜰살뜰 살림을 꾸려온 아내, 그 아내는 지금, 머리가 희끗희끗한 할머니가 되었다.

'얼마나 못났으면 딸의 결혼식에 입을 한복 한 벌 못해주는가?' 이런 생각이 들면서 잠을 이룰 수가 없다. 퇴직한 자로 특별히 하는 일이 없이 무위도식하지만 매달 나오는 연금이 있으니 먹고 사는 데 지장은 없다.

'에라 모르겠다. 이번에 통 크게 한 번 쏘자.'

나는 용기를 내어 아내를 데리고 충장로로 갔다. 남선교회 연합회 총무인 박 집사님이 운영하는 한복 가게가 그곳에 있다. 먼저 옷감을 골랐다. 신부의 어머니는 분홍색 계통으로, 신랑의 어머니는 파란색 계통으로 입는다고 하면서 옷감을 내놓는다. 다음에 치수를 재고는 계약을 마쳤다.

박 집사님이 제시한 금액은 우리가 생각했던 것보다 훨씬 적었다.

아내는 또 나에게 양복을 사 입으라고 성화다. 한복을 맞춘 것 때문에 미안했는지 모른다. 나는 못 이기는 척하며 집에서 가까운 옷 가게로 갔다. 양복의 색깔에 맞추어 와이셔츠도 골랐다. 가난하다는 핑계로 한번 산 옷은 닳도록 입었고, 와이셔츠도 하얀색보다는 무늬가 있는 것으로 골라 샀으며, 넥타이는 길거리에서 파는 3개에 1만 원 하는 값싼 것만 샀던 내가, 예쁜 색깔의 고급스러운 넥타이도 골랐다.

내가 결혼할 때, 아내는 양복에 와이셔츠도 사주었고, 잘 입지도 않는 바바리코트까지 사주면서 유독 넥타이는 사주지 않았다. 나중에 물으니 '넥타이는 목을 매는 것' 때문이라 미신 같은 대답을 했다.

이랬던 내가 양복과 와이셔츠 그리고 넥타이까지 한꺼번에 갖추었다. 내 평생에 처음이다.

사실 내가 양복을 사 입기로 작정한 데에는 또 다른 이유가 있다. 지난 7월부터 8월에 걸쳐 20일간 단식을 했었다. 어쩌다가 때를 놓치면 눈물이 날 정도로 밥을 좋아한 나다.

이런 내가 20일 동안이나 밥을 먹지 않고 참았으니 다급해도 보통으로 다급한 상황이 아니었다. 중국집 아저씨의 철가방을 보면 짜장면이 눈에 아른거리고 집 앞 마트에 진열된 살구가 침샘을 자극해도 참고 또 참았다.

그 결과 몸무게가 9kg이나 줄었다. 불룩 나왔던 배가 쏘옥 들어갔다. 그래서인지 몸이 옷 안에서 휙휙 돌아가고 옷은 몸을 휘감아 돌았다.

바지도 저절로 흘러내린다. 한번은 화장실에서 허리띠를 풀었는데 손쓸 새도 없이 바지가 흘러내렸다. 무릎까지 흘러내리고 말았다. 허리에서나 엉덩이에 걸쳐지지 않았다.

이유야 어떠하든 나는 양복을, 아내는 한복을 맞추어 입었다. 그것이 기쁘다. 피로연 행사장 입구에서 아내와 나란히 서 있을 것이다. 사진관을 운영하는 한 집사님이 오면 사진 한 장 찍어 달라고 해야겠다.

이런 생각에 마음이 부푼다. 소풍을 기다리는 초등학생 아이처럼 가슴이 설렌다. 심장이 콩닥거린다.

작은딸을 향한 바람

작은딸의 결혼 피로연을 마쳤다. 가슴에 꽉 막혀 있던 것이 쑤욱 내려간 기분이다. 11월 8일 서울에서 치러질 딸의 결혼식이 기다려진다.

지난 5월 어버이날까지만 해도 작은딸은 시집을 가지 않는다고 버티었다. 작은딸에게는 결혼하자고 따라다니는 청년이 있었다. 그는 딸의 직장 동료이다. 2010년 큰딸의 결혼식을 마친 날, 나를 찾아왔다.

그 후로 4년 동안 '시집 안 가요.' 하며 막무가내로 버티었다. 아빠의 권위를 내세워 시집가라고 강요했었고, 시집을 가야 한다고 어르기도 했지만, 소용이 없었다. 아내를 딸에게 보내서 보름 동안이나 압박을 가했어도 허사였다. 아빠라도 어찌할 수 없었다.

나는 어린이날이 끼어 있는 연휴를 기해 딸이 사는 서울로 올라가서 딸을 따라다니는 그 청년과 만나 대화를 나누었다.

"노군아, 내가 너를 반대하는 것은 아니다. 너도 알

지?"

"네."

"이제 내 딸에게서 떠나라. 나도 어쩔 수가 없구나. 시집가지 않는다고 하는데 언제까지나 기다릴 수는 없지 않느냐? 그러니 너도 네 갈 길로 가라."

작은딸과 청년에게 보낸 최후의 통첩이다. 그리고 어버이날이 되었다. 그 날밤 아내는 아들의 여자 친구에게서 온 선물이라고 하며 과자 상자와 꽃바구니를 식탁 위에 올려놓았다. 여기에 큰딸과 작은딸이 보내준 선물까지 펼쳐 놓으니 제법 푸짐했다. 아내와 단둘이었지만 우리는 잔치를 벌였다. 그런데 빠진 것이 있다. 그것이 몹시 아쉽다. 그 마음을 글로 표현해 보았다.

바람(望)

식탁 위에는 갖가지 선물이 놓여 있다.

오밀조밀 정성이 담긴 과자도 있고
화사한 카네이션과 꽃바구니도 있고,
탁구 칠 때 입으라는 옷도 있고
'어버이날 선물'이라 적힌 하얀 봉투도 있다.

각자의 위치에서

열심히 살아가는 아이들로 인해
어버이날을 맞이하는 내 마음이
오월의 봄날처럼 포근하다.

그래도 채워지지 않는 빈자리*
시집가고 장가가서
새로운 생명을 잉태하는 그것
아쉽기는 해도 너희 탓만은 아니다.

가난하다는 핑계로
결단을 내리지 못해 머뭇거리며**
나의 아버지에게 불효했던 일이,
이런 쓰라림으로 다가올 줄 그때는 몰랐다.

얘들아,
애통해하는 아비의 심정*** 알아주면 좋겠다.

40년도 더 지난 일을 이처럼 후회하는
그 이유를 깨달았으면 좋겠다.

일할 수 있을 때 땀 흘려 일하고

---

* 빈자리 : 손자도 없고 손녀도 없는 것이 70을 바라보는 나에게 채워지지
않는 빈자리이다.
** 머뭇거리며 : 당시 남자라 해도 만 32세가 넘어 장가가는 것은 매우 늦은
결혼이었다.
*** 아비의 심정 : 지금 나의 형편이 아버지에게 불효했던 것을 되돌려 받는
다고 생각하면 가슴이 쓰려온다.

사랑할 수 있을 때 열심을 다해 사랑했으면 좋겠다.

결단을 내릴 때는 과감하게 결단을 내려서
'착하고 충성된 종'이라 칭찬받으면 더 좋겠다.

'지나간 후면 애닯다 어이 하리'
애석함을 노래한 옛 시인처럼

탄식하지 말라고 전하는
아빠의 푸념 섞인 바람(望)이다.

작은딸이 주는 기쁨

"작은딸이 시집간대요."

아내가 알려준다. 그 말을 듣는 순간 가슴에서 솟구치는 기쁨을 억제할 수 없다. 입가에 웃음이 번진다. 그 마음을 글로 적는다.

기쁜 일

쫄쫄 따라다니는 총각이 있어도
시집 안 간다고
애태우던 작은딸이

외할머니 돌아가신 날
서럽게 우는 엄마를 본 후로
돌 같은 마음이 변했는지

예식장을 알아보고

상견례 날짜를 잡아보고
아빠와 엄마의 입을 옷 걱정도 한다.

'시집가겠다'는 딸의 말 한마디가
나의 마음이 기쁨으로 충만한 것을 보면
'진리 안에서 행한다'*는 그 말 별것 아니다.

취직하여 경제적으로 자립하고
가정을 이루어 자녀를 낳아 기르는
인간의 평범한 일상을 성실하게 사는 것

아빠가 이렇게 기쁘니
하나님께서도 그 결혼을 기뻐 받으시고
선할 길로 인도하실 줄 믿는다.

이런 나에게 꼭 맞은 성경 말씀이 있다. '항상 기뻐하
라. 쉬지 말고 기도하라. 범사에 감사하라. 이것이 그리
스도 예수 안에서 너희를 향하신 하나님의 뜻이니라.'
[갈라디아서 5장 16~18절]

---

* 진리 안에서 행한다. : [요한삼서 1:4] 내가 내 자녀들이 진리 안에서 행한다 함을
듣는 것보다 더 기쁜 일이 없도다.

딸 바보

작은딸 결혼예식을 모두 마쳤다. 시집가지 않겠다고 4년이 넘도록 버티던 딸이 마음을 돌린 것이 기쁘고, 덕분에 호강한 것도 기쁘다.

딸들은 나를 데리고 백화점으로 갔다. 양복을 산다고 하여 '30만 원 범위에서 사라.'고 당부했다. 내가 결혼할 때 아내는 양복에 와이셔츠까지만 해주었는데, 큰딸이 결혼할 때는 넥타이가 추가되었으며, 이번에는 구두도 포함되었다. 값을 물어보았지만, 아내도 딸들도 심지어 점원까지도 알려주지 않는다. 짐작건대 내가 제시한 금액의 두 배를 훌쩍 넘을 것 같다.

호강한 것은 이것뿐만 아니다. 결혼식 날에 머리를 만진 것도 있다. 오랜만에 기름을 바르고 가르마도 탔다. 이렇게 머리를 매만진 게 언제였나? 1978년 1월, 내가 결혼식을 올린 그 날, 그리고 30여 년이 지나 큰딸이 결혼한 날과 이번까지 세 번이다. 아내도 거금을 들여 예쁘게 꾸몄다. 평소에 보던 그 아내가 아니다. 이런 것도 나를 기쁘게 했다.

딸의 결혼을 축하해주신 분들이 있어서 행복했다. 내가 기쁨을 누리는 이런 것들은 모두 빚이다. 반드시 갚아야 할 사랑의 빚이다. 그런데 그 빚을 갚는 방법이 무엇일까?

그들 가정의 대소사에 동참하여 축하와 위로를 보내는 것이다. 그런 기회가 주어지기를 바란다.

이보다 더 소중한 것이 있다. 그것은 나의 딸이 행복하게 사는 것이다. 딸에게는 나름대로 가야 할 삶의 길이 있다. 거친 세상을 살아가는 동안 반드시 넘어야 할 시험이 있다. 어떤 시험이건 인내를 만들어내는 줄 알고 기쁘게 받아들여야 하나. 그리고 힘써 노력하여 스스로 극복해야 한다.

부부로서 각자에게 주어진 임무도 진실하게 수행해야 한다. 그렇게 하는 것이 오늘의 빚을 갚는 최고의 보답이다. 이런 의미를 작은딸이 깊이 이해하고, 힘을 다하고 뜻을 다하고 정성을 다하여 열심히 살기를 소망한다.

작은딸의 결혼식을 모두 마쳤을 때 내가 딸 바보인 것을 알았다. 자식을 자랑하는 사람은 팔푼이요 마누라를 자랑하는 사람은 칠푼이라 하는 말이 있다. 그런 말을 듣는다고 해도 내가 딸 바보인 것을 말하지 않을 수 없다.

큰딸은 경기도 지방공무원이고 작은딸은 서울특별시 지방공무원이다. 이것만 해도 자랑스럽다. 그렇지만 딸보다 벼슬이 높은 사람도 많으니 접어둔다.

내가 자랑하고 싶은 것은 큰딸이 결혼 축하금으로 15
0만 원을 내놓고, 사위는 30만 원을 내놓은 것이다. '그
게 무슨 자랑이냐?'고 말할 사람도 있을 것이다. 그래도
나는 딸들을 자랑할 수밖에 없다.

큰딸이 결혼할 때, 작은딸은 100만 원을 내놓았는데,
하는 엄마의 물음에 큰딸의 대답이 걸작이다.

"언니이니까."

간단한 이 대답에 나를 감격했다.

어려서부터 단 한 번도 싸운 적이 없는 두 딸, 자라서
는 공무원 시험에 합격한 언니를 본받아 동생도 같은 계
열의 공무원이 되었다. 두 딸은 자그마한 원룸에서 함께
기거하며 직장에 다녔다. 언니가 결혼할 때까지 그렇게
살았다.

언니가 결혼하게 되자 둘은 헤어져야 한다. 분가할 때
의 일이다. 아내와 나는 딸들이 살림 나누는 모습을 보
게 되었다. 그것은 볼만했다.

딸들은 각자 자기 돈으로 구입한 것 혹은 자기 이름
으로 마련한 것은 각자 자기 것으로 분류했다. 냉장고
세탁기 등은 나눌 수 없으니, 언니가 동생에게 물려주었
다. 다음에는 옷가지의 소소한 것들을 나눈다. 자매는 나
눌 물건을 방 한가운데 놓고 마주 보고 앉았다. 그리고
는 물건을 하나씩 들었다. 주인이 척척 갈라졌다. 가끔
이쪽도 저쪽도 아닌 물건이 나왔다. 그것은 한쪽으로 제

쳐놓는다.

"인자 큰일 났다."

흥미진진하게 바라보던 아내는 두 딸 사이에 전쟁이 일어날 것으로 예상한 모양이다. 그러나 딸들은 가위바위보를 했다. 이긴 사람이 먼저 하나를 가져가고 진 사람이 또 하나를 가져갔다. 이렇게 몇 번 반복하여 살림을 나누었다. 아내의 예상과는 달리 아무런 문제 없이 전쟁은 끝났다. 총성도 없었다. 참으로 공평한 방법이었다.

지난 6월, 장모님의 장례식장에서 나는 딸들에게 부의금 함을 관리하도록 지시했다. 딸들은 그 임무를 아주 성실하게 수행했다. 나중에 함을 열어서 봉투를 분류하고 정리했었는데, 딸들은 모두가 납득할 수 있도록 정확하면서 빠르게 처리했다. 이런 딸들을 보고 있노라니 기쁨이 샘물처럼 뽕뽕 솟아오르고, 그것으로 충만해졌다.

매사를 지혜롭게 처리하는 딸들이 나를 바보로 만든다. 그 마음 씀씀이가 가슴 시리도록 아름답다. 이런 딸들을 어찌 자랑하지 않을 수 있겠는가? 나는 기꺼이 딸바보가 된다.

이청준 소설 현장 답사 기행문 우수상(2019년)

내 인생의 미아리 고개

퇴직 이후 나의 삶은 따로 없었다.
아들이 방황하면 나도 방황하고
아들이 열심히 살면 나에게도 보람이 있었다.
아들의 삶이 곧 나의 삶이었다.

이러는 내 인생의 미아리 고개 사이 사이에도
삶의 의미를 부여하는 소소한 일들이 있었다.
그것은 나에게 잔잔한 감동을 일으키는
기이한 일이었고, 은혜였다.
과연 어떤 일들이 있었을까?

내 인생의 미아리 고개

삼각산에 올랐다. 오늘 내가 산에 오르게 된 것은 전적으로 아내의 성화 때문이다.

나는 체력이 한번 떨어지면 이틀이나 사흘 동안 심하게 보채껴야 회복된다. 그런 까닭에 심한 운동을 하지 않는다. 평일에는 효령노인복지타운에 가서 가볍게 탁구를 하고, 주말이면 모임에 나가기도 하지만 대부분은 휴식이다.

반면 병원에 가면 의사는 혈당 수치가 높다고 지적하면서 체중을 조절하라고 경고한다. 그러려면 운동을 해야 한다. 이러지도 못하고 저러지도 못하는 진퇴양난進退兩難의 상황이다.

오늘도 교회에 다녀와서 쉬려고 하는데, 아내가 주방에서 달그락거리며 무얼 하더니 도시락을 싸 들고 재촉한다. 하는 수 없이 따라나섰다. 어디로 갈까? 목적지가 마땅치 않다. 무등산에 가려면 버스를 타야 한다. 가까운 산으로 가기로 했다. 또 여기서 고민이 생긴다.

"여물봉을 오를까?"

여물봉은 우리 집에서 서쪽인 고려고등학교 뒤에 있다. 여러 차례 올랐기에 별로 내키지 않는다.

"삼각산으로 갈까?"

'삼각산' 하면 서울특별시와 경기도 고양시 사이에 걸쳐 있는 해발 836.5m의 삼각산이 떠오른다. 이 외에도 삼각산이란 이름의 산은 여러 곳에 있다. 부산광역시 기장군 철마면에도 있고, 전라남도 여수시 삼산면 손죽리에도 있다.

오늘 오르고자 하는 삼각산은 우리 집에서 동쪽에 있는 산이다. 우리 집을 중심으로 여물봉과 반대 방향이다. 1시간이면 정상에 오를 수 있는 뒷동산 같은 산이다. 내가 이곳에서 산 햇수가 무려 26년이지만 한 번도 오르지 않은 산이다. 그래서 호기심도 생긴다.

삼각산 기슭에는 원삼각 마을이 있고, 거기에는 반 집사님이 산다. 구역예배를 드리기 위해 몇 번 가본 마을이다. 우리는 원삼각 마을을 향해 걸음을 옮겼다. 마을 입구에 들어서자 갈림길이 나온다. 곧바로 가는 길 저편에 반 집사님의 집 대문이 빤히 보인다. 우리는 왼쪽 길로 돌아섰다.

길 좌우 주변에 감나무가 있다. 주먹만큼 큰 감이 주렁주렁 매달려 있다. 얼마나 무거운지 가지가 찢어질 지경이다.

조금 더 걸어가니 밭에서는 남자 두 분이 감을 따고

도로 왼쪽에는 남자 한 분이 손수레 위에 있는 감 자루를 용달차 위로 옮겨 싣고 있다. 무겁게 보이는 감 자루를 불끈 들어 옮기는데 그 동작이 익숙하다. 젊은 여자는 그 모습을 바라보며 무어라고 종알거린다.

"등산로가 있나요?"
아내가 물었다. 남자분이 손을 들어 친절하게 알려준다. 거기에 이정표가 있다. 왼쪽은 천지사로 가는 길, 오른쪽은 삼각산으로 올라가는 길이다. 한 사람이 이동할 수 있는 아주 좁은 길이다. 몇 걸음 옮겼더니, 데크로 만들어진 계단이 나온다. 10여 개에 불과한 짧은 계단 위로 올라섰다. 오른쪽 마을로 내려가는 길과 왼쪽 삼각산의 정상으로 올라가는 길이 갈라지는 삼거리가 나온다. 우리는 왼쪽으로 천천히 올라간다. 자갈이 많아 미끄러운 길을 조심스럽게 오른다. 누군가가 밧줄을 설치해놓았다. 그분에게 감사하며 안전하게 올라간다.

30분 정도 올라갔는데 숨이 차고 발걸음이 무겁다. 잠시 멈춰 섰다. 가쁜 숨을 몰아쉬면서 주변을 둘러본다. 울창한 나뭇가지 사이로 군부대가 보인다.
50여 년 전, 훈련병 시절이 생각난다. 처음으로 사격하는 날이다. 우리는 연병장 가운데 4명씩 질서정연하게 서 있다.
"제 자리 앉아!"
조교의 구령이 떨어졌다.
"총대 올려!"

이게 무슨 짓인가? 앉아 있는 것도 불편한데 총대를 들어 올리라고 한다. 조교의 구령에 따라 M1 소총을 어깨 위로 걸쳤다.

"철모 위로 올려!"

고개를 들어야 한다. 허리도 꼿꼿하게 세워야 하고, 발뒤꿈치도 들어야 한다. 자세가 불편하다.

"앞으로 갓!"

뒤뚱뒤뚱 오리처럼 걸어간다. 몇 걸음 걷지 아니하여 끙끙 소리가 난다. 속에서 욕이 나오려고 한다.

"제 자리, 서엇!"

눈앞에 계단이 있다. 상당히 가파른 계단이다. 20개 정도 오른 다음 잠시 쉬었다가 다시 20개 정도 오르는 계단이다. 거기를 올라가려면 일어서야 하지 않겠는가? 웬걸 조교의 구령이 떨어진다.

"더 높이 들어!"

'끄으으~ㅇ' 불평이 쏟아지려고 하는 순간

"소총을 거꾸로 세운다!"

총구는 철모를 향하고 개머리판은 하늘을 향하여 꼿꼿하게 세워 들었다.

"철모에 닿지 않게 올려!"

이런 젠장, 갈수록 태산이다. 불평할 겨를도 없다.

"앞으로 갓!"

한 계단 올랐다. 무릎 관절이 아프다. 이를 악물고 또 한 계단 올랐다. 자세가 불량하니 몸이 흔들거린다.

이런 사정을 뻔히 알면서도 조교는 엉뚱한 지시를 한다.

"노래를 따라 부른다."

하더니 '미아리 눈물 고개~ ♬♩' 하고 부른다. 목소리도 구성지다. 나는 이 노래를 모른다. 50년이 지난 지금까지도 곡은 물론 가사도 첫 소절 외에는 모른다.

이런 사실을 알고 있는지 따라 부르라고 한다.

미아리 눈물 고개 ♬♩
조교의 선창에 따라서 노래를 불렀다.
임이 넘던 이별 고개 ♬♩
더 이상 부를 수 없다. '으윽 흑흑,' 목이 메더니 눈물이 솟구친다. 찔끔찔끔 나오는 게 아니라 옹달샘 샘물처럼 뽕뽕 솟는다.

"'어머니의 은혜'를 부르라고 했는데 노래는 안 나오고 눈물만 나왔어요."

아들도 이렇게 회고한다. 군 복무를 마친 남자들은 다 이런 추억이 있을 것이다.

내 경험에 비추어 볼 때, 군 생활이 결코 나쁜 것만은 아니다. 그것을 경험해본 사람은 무엇인가 다르다. 생각하는 바가 다르고 생활 태도 역시 다르다.

군 복무 중 가장 소중한 것을 들라 하면 나는 인내력의 배양을 든다. 마음이 여린 내가 37년의 직장 생활을 무사히 마칠 수 있었던 것은 인내력 덕분이다. 까다롭고 어려운 과제를 줘도 불평하지 않고, 끝까지 참고 견디어서 마침내 해결했던 것도 인내력 덕분이요, 상사로부터 꾸중을 들을 때 눈을 질끈 참아낸 것도 인내력 덕분이다. 그 인내력은 군 복무 중에 길러진 것으로 생각된다.

다시 정상을 향해 걸음을 옮긴다. 한 걸음을 옮길 때마다 가쁜 숨을 몰아쉬면서도 '미아리 눈물 고개 ♫♪' 흥얼흥얼 읊조리며 올라간다. 숨을 한번 내 쉬고 '임이 넘던 이별 고개 ♫♪' 하고 흥얼거린다.

한국 전쟁의 참상을 읊은 대중가요 '단장의 미아리 고개'가 훈련병 시절 내 가슴을 뜨겁게 달구더니, 삼각산을 오르는 지금 또 내 가슴을 촉촉하게 적신다. 내 인생의 미아리 고개를 다시 생각하게 한다.

쌀과 쌀밥

오늘 아침 식사는 하얀 쌀밥이다. 어제저녁 아버지 제사를 모실 때 지은 밥이다. 오랜만에 먹는 쌀밥이 꿀처럼 달다.

나는 하얀 쌀밥을 좋아한다. 결혼식장에 가서 식사할 때도 밥을 먼저 먹는다.

초등학교 4학년 때였다. 학교에서 돌아오면 어머니는 흰 쌀밥을 담아 주셨다. 그것을 멸치젓갈에 비벼서 먹었다. 그 맛은 60년이 지난 지금까지도 잊을 수 없다. 어머니는 그해 겨울 우리 곁을 떠나셨다.

외가의 영환이 아저씨가 동명동 우리 집에서 한동안 사셨다. 영환이 아저씨는 보리쌀을 학독*에 갈아서 밥을 지어 먹었다. 가족도 없이 혼자서 그렇게 사셨다. 어느 날 보리쌀을 갈고 계신 영환이 아저씨 곁으로 갔다. '보리밥만 먹어요?' 하는 물음에 '건강하면 이것도 맛있단다.' 대답하셨다. 그 말씀은 지금도 귓가에 쟁쟁한 명언이다.

---

* 돌을 깎아서 만든 절구통인데 키가 작고 공이로 찧은 것이 아니라 주먹 조금 큰 돌로 갈아서 보리 곡식의 껍질을 벗긴다.

밥이 주식인 우리나라는 안남미를 수입해서 먹었던 시절이 있었다. 안남미는 인도차이나반도의 안남 지방에서 생산되는 쌀인데 가늘고 길쭉했다. 밥을 지으면 찰기가 없어서인지 배불리 먹어도 금방 허전해졌었다.

나중에 수확량이 많은 통일벼가 나왔다. 통일벼는 일본과 인도의 벼 품종을 교잡한 것으로 농촌 진흥청에서 1965년부터 1972년까지 실험 재배를 거쳐 개량한 벼 품종이다. 벼 품종 하나 개발하는 데 7년이나 걸린 것이다. 힘을 다하고 정성을 다해 이룬 성과이다. 세상에 쉽게 되는 일은 없다.

통일벼는 배고픔의 상징이었던 보릿고개를 사라지게 하였고 녹색혁명을 일으키는 데 상당한 역할을 했다. 그러나 통일벼로 지은 밥은 맛이 없다는 단점이 있었다. 쌀의 자급 수준이 어느 정도 높아진 후 밥맛이 좋은 벼 품종을 개량하여 오늘에 이른다.

나라에서 배고픔을 해결하려고 갖가지 방법으로 노력하는 그 시기에 아버지께서는 직장을 잃었다. 살고 있던 사택도 비워야 했다. 중학교에 다닐 때부터 끼니를 해결할 수 없을 정도로 생활은 궁핍했다.

꽁보리밥이라도 감지덕지한 생활은 1968년 군에 입대하면서 해소되었다. 군 복무 중에는 쌀과 보리쌀을 적당하게 섞어 지은 양질의 밥을 먹을 수 있었다. 초등학교 교사로 발령을 받은 1971년 이후에는 하숙집에서 기거하면서 쌀밥을 먹었다. 결혼할 때까지 그렇게 살았다.

비엔날레공원으로 친구들과 소풍을 갔던 일도 생각난다. 햇볕이 따사롭게 내리쬐는 5월, 잔디밭에 자리를 펴고 빙 둘러앉아 각자 가지고 온 밥과 반찬을 풀었다. 진수성찬이 따로 없다. 나는 무잎을 한 장 들었다. 그 위에 하얀 쌀밥을 얹고는 된장을 발랐다. 입에 넣어 아삭아삭 씹었다. 생각만 해도 행복하다.

이렇게 좋아하는 쌀밥을 요즈음에는 만나기가 쉽지 않다. 그 이유는 건강 때문이다. 체중이 급속하게 불어나면서 고혈압과 지방간 등이 나타났고, 그것이 오래 지속되더니 결국 심장에 이상이 생겼다.
거기에다 방송에서는 설탕과 소금, 쌀밥 등이 건강에 좋지 않다고 보도한다. 아내는 보리쌀을 넣기 시작했다. 처음에는 보일 듯 말 듯 넣더니 나중에는 대여섯 종류의 잡곡이 들어간 잡곡밥을 먹으라고 한다. 휴가지에서 새까만 색깔의 밥을 내놓기도 한다.

이렇게 되니 우리 집에서 소비하는 쌀의 양도 줄었다. 아이들이 고등학교에 다닐 때까지는 월 40kg 정도를 소비했으나 대학에 들어가고, 직장을 구해서 나가고 결혼하여 떠나면서 쌀 소비량이 현저하게 줄어들었다.
쌀 소비량이 줄어든 또 하나의 원인은 나의 식사량과 관련이 있다. 밥과 반찬을 진공청소기처럼 흡입하던 내가 요즈음에는 밥 한 공기만 먹고도 견딘다. 아침 일곱 시에 출근해도 꼬박꼬박 챙겨 먹었던 아침 식사를 '해독주스'라고 하는 것으로 대신한다.

이처럼 내가 먹는 밥의 양이 줄어들고, 쌀이 아닌 다른 식품으로 대체되고 보니 20kg 쌀 한 포대로 한 달을 먹고도 남는다.

몇 년 전, 고창에 사는 매제가 쌀을 보내왔다. 그 쌀로 아버지 제사상에 올릴 메진지를 지었는데 윤기가 자르르 흐르는 최고의 밥이었다. 다음 해 40kg 하는 쌀 두 포대를 가져왔다. 그것은 잘못이었다. 소비량은 생각지 않고 사 온 쌀이 포대 속에서 1년 가까이 있는 동안 변질되고 말았다. 얼마나 아까웠는지 모른다.

이렇게 좋아하는 쌀밥이지만 편히 먹을 수가 없다. 쌀 개방 문제 때문이다. 농민들이 삭발하고 단체행동을 한다. 쌀을 개방하지 말라는 것이다. 그러나 수출이 경제의 버팀목이 된 우리나라에서 쌀을 개방해야 할 당위성도 있다.

정부에서는 수입쌀의 가격이 국내산 가격과 엇비슷한 수준이 되도록 관세율을 500% 정도로 책정할 계획이라고 한다. 이것도 쉽지만은 않은 듯하다. 쌀을 개방하기 전 10년의 유예 기간이 있었다고 하는데 그동안 도대체 무얼 했을까? 이런 것을 생각하면 답답하기도 하다

어찌 되었건 쌀은 우리에게 가장 중요한 식량이다. 쌀 개방 문제가 슬기롭게 해결되기를 소망한다. 내가 특별히 좋아하는 쌀밥, 편히 먹을 수 있도록 지혜를 모았으면 좋겠다.

아들의 방황

"재수再修는 안 된다."

아들은 대학수학능력시험에서 상당히 높은 점수를 받았다. 그러나 자기가 진학하고 싶어 했던 의과대학의 예상 합격 점수에는 1~2점 정도 못 미쳤다. 망설이던 아들은 토목공학과로 진학했다. 그러나 공부에 열중하지 않았다.

허송세월虛送歲月하는 아들로 인하여 나는 마음을 졸였다. '정년이 얼마 남지 않았는데…….' 하며 속을 태웠다.

이런 아들이 휴학계를 내고 군에 입대하였다. 우여곡절 끝에 군 복무를 마친 아들은 복학했다. 그리고 순복음교회로 나간다는 소식이 들렸다. 기도원에도 다녀오기도 하면서 신앙생활에 열심이라고 했다. 이런 소식이 나를 안심시켰다.

졸업을 앞둔 아들에게서 토목기사 자격증을 취득했다는 연락이 왔다. 그리고 '대기업에 취업할 거예요' 하며 꿈도 다졌다. 그러면서 국내 굴지의 건설회사에 입사 원서를 냈다. 이어서 '아빠, 1차에 합격했어요.' 하는 연락이 왔다. 이때까지만 해도 아들은 꿈에 부풀었다. 그러나 면접에서 낙방했다는 풀죽은 소식이 들렸다. 나는 실망했다. 충격이 컸다. 아들이 깊은 나락으로 떨어진 것 같은 충격이었다.

아들은 두문불출 밖으로 나가지를 않았다. 책상에 앉아만 있었다. 그런 아들을 보고 있자니 가슴이 까맣게 타들어 갔다. 그러나 속으로 끙끙 앓을 뿐 내색할 수도 없었다.

세월이 흘러 나는 직장에서 물러났다. 다음 달부터는 매월 80만 원 이상 되는 아들의 대학 학자금을 갚아야 한다. 그 기간이 3년이다. 사정이 이런데도 아들은 집에만 있다.

'엎친 데 덮친다.'라는 속담처럼 아들의 요청이 들어왔다.

"2년만 기다려 주세요."

무엇을 하겠다는 목표도 없다. 무작정 기다려 달라는 것이다. 복장이 터질 것만 같다. 그런데도 기다리는 것 말고 내가 할 수 있는 일은 없다. 그 무능함이 나를 슬프게 한다.

아들도 답답했었는지 한동안 알바를 했다. 건축 공사장에서 일하다가 발바닥에 못이 박히는 부상을 당하기도 했고, 학원에서 아이들을 가르치기도 했으며, 가전제품 생산 공장에서 일도 했다. 아들이 기다려달라고 한 것은 이런 잡일이나 하려는 것은 아닐 것이다. 나도 그것을 안다.

방황이 점점 더 깊어지는 아들을 보다 못해 인터넷에서 일자리를 검색했다. 토목기사 자격증을 가지고 할 수 있는 일을 찾아 그 결과물을 아들에게 보여주었다. 그러나 거들떠보지도 않는다. 아무런 대꾸도 없다. 그 아들이 야속하게 여겨졌다.

　가만히 생각해보면 아들의 인생은 곧 나의 인생이었다. 아들의 생활이 답답할 때는 내가 먼저 답답해졌다. 효령노인복지타운에서 만난 사람 중에 자식을 하는 경우가 있다.
　"우리 아들이 삼성에서 근무한다."
　"우리 딸이 삼호중공업에 다닌다."
　이런 말을 들으면 풀이 죽었다. 아들 생각에 힘이 빠진다. 그런데 서울에서 죽치고 있던 아들이 양복을 입고 내려왔다. 아무 연락도 없이 내려와서는 이틀인가 지내고 올라갔다.
　"무슨 시험을 본 것 같아요."
　아들의 눈치를 살피던 아내의 말이다.

　아들의 방황은 이후에도 계속되었다. 기다려 달라던 2년을 보내고 또 2년을 보냈다. 그런데도 아들의 방황은 끝이 보이지 않는다. 답답하다 그렇다고 내색할 수도 없다. 아들의 눈치만 살피며 숨죽여 살고 있다.

아들의 입학

우편물이 도착했다. 나의 퇴직 6년 차, 아들의 방황이 길어지면서 이제 포기할 때가 되었구나 싶은 깊은 절망감에 빠져있을 때 도착한 우편물은 '○○대학교 의학전문대학원 합격통지서'였다.

기쁘다. 덩실덩실 춤이라도 추고 싶다. 그런데 아들에 대한 부끄러움이 앞선다. 대학 진학을 고민할 때, 아들이 원하는 길로 나아가도록 밀어주지 못한 것이 부끄럽다. 아비 된 자로서 경제적 형편만 생각했던 옹졸함도 부끄럽다. 아들이 제 길로 들어서기까지 너무나 많은 시간을 허비하게 한 것이 부끄럽고, 너무나도 많은 고생을 했는데 그것을 도와주지 못한 것이 부끄럽다. 절치부심切齒腐心하는 아들의 속도 모른 채 취직하라며 재촉했던 일이 부끄럽고 또 부끄럽다.

눈물이 나온다. 기쁨의 눈물인지 미안함의 눈물인지 감사의 눈물인지 분간할 수 없는 눈물이다.

이게 끝이 아니다. 1천만 원이나 하는 아들의 등록금

이 나를 주눅 들게 한다. 대학에 다닐 때의 학자금도 감당하지 못해 퇴직 후 3년 동안 갚았었는데 엄두가 나지 않는다.

"아들아, 어떻게 할 거냐?"
"마이너스 통장을 이용하면 됩니다."
아들이 이렇게 말한다. 그렇지만 졸업하기까지 8학기분의 등록금만 계산해도 1억 원에 가까운 거금이 된다. 거기에 생활비도 필요하다. 아무리 적게 잡아도 월평균 150만 원은 들 것이다. 그것을 계산하면 4년의 생활비가 무려 7천 200만 원에 이른다. 이게 모두 아들의 빚이다. 생각만 해도 가슴을 옥죈다.

그런데 아들에게 또 하나 문제가 있다. 아들의 나이는 이미 30을 꼴딱 넘어섰다. 10년 이상 어린 동생들과 경쟁해야 한다. 그것 역시 아들에게 부담으로 다가올 것이다. 생각만 해도 질린다.

그래도 아들은 입학의 출발선에 섰다. 고난의 길로 들어서야 한다. 그 앞길이 고난의 첩첩산중이다. 그렇지만 아들에게는 희망이 있다. 의사가 될 수 있다는 희망이 있다.

그 희망을 믿고 아들을 위해 기도한다. 골리앗을 향해 나아가는 다윗처럼 당당하라고 기도한다. 방황의 늪에서 인도하신 아들의 하나님께서 앞으로도 축복하실 줄 믿고 두 손을 모은다. 할렐루야!

아들의 명령

"아빠, 대학교 병원 신장내과와 안과에 예약해 놓았으니 다녀오세요."

아들에게서 명령이 떨어졌다. '당뇨가 오래되면 모세혈관에 문제가 생기는데 가장 민감한 부위가 신장과 눈'이라고 하며 권한다.

며칠 전, '혈당 수치가 높으니 조절하세요.' 하는 간호사의 당부를 아내에게 말했더니, 그 말을 전해 들은 아들이 그렇게 조치한 것이다. 의과전문대학원 1년을 마친 아들이 나에게 묻지도 않고 그렇게 했다.

나는 2001년 3월, 급성심근경색이 발병한 심장병 환자이다. 30년 이상 지속된 고혈압이 원인이었다. 심근경색은 치료하면 회복되는 질병이 아니다. 갖가지 합병증을 유발한다.

그 심장병이 나의 혈당 조절 능력을 상실하게 했다. 혈당 수치가 300을 넘나들던 때가 있었다. 한때 소변의 색깔이 노란 것은 물론 뜨물 같은 것이 섞여 있기도 했다. 갈증이 심할 때는 물을 아무리 마셔도 배만 불룩할

뿐 갈증이 해소되지 않았다. 시장할 때는 손이 덜덜 떨리기도 하고, 음식을 먹으면 위가 더부룩하여 부담을 느끼기도 했다.

심장병은 또 다른 증상을 우발했다. 언제부터인가 귀에서 '웅~' 소리가 나더니 요즘에는 '피~' 하는 소리로 바뀌었다. 치아가 상했다. 치아 사이에 음식물 찌꺼기가 자주 끼고, 치아가 닳아서 날카로워지고, 치아의 모서리가 깨지기도 했다. 시력도 떨어졌다. 1.0이던 시력에 0.5로 나빠졌다. 어깨가 아프기도 하고, 감기에라도 걸리면 낫지 않았다. 반드시 입원해야 했다.

몸이 심각하게 망가지고 있음을 느낀다. 이런 상황임에도 나는 감사한다. 이미 죽었어야 할 목숨이 이제껏 살아 있는 것을 감사한다. 줄타기하듯 살아온 세월이 14년이나 된다. 한 달을 살지 1년을 살지 모르는 나의 인생, 가치 있는 삶을 추구하며 노력한 일에 감사한다.

"대학 병원은 3차 진료 기관이라 의사의 소견서가 필요해요. 신장 검사는 다른 병원을 이용하세요."

아들의 명령이 다시 떨어졌다. 집에서 가까운 ⓒ병원으로 갔다. 몇 개월 전, 건강관리공단에서 시행하는 건강검사를 받았던 병원인데, 당시 의사는 소변검사 외에 초음파검사를 요청했다.

그날 오후, 검사 결과에 대하여 설명을 들었다. 의사는 건강검사의 결과와 초음파검사 사진 등을 보여주며 설명했다.

"신장에서는 이상 징후가 없습니다."

"쓸개에 작은 혹이 하나 있습니다."

몇 년 전, 감기로 입원했을 때도 초음파검사를 요청했었는데 보아야 할 폐는 제쳐두고, 간과 쓸개를 보았다. 이번에도 환자가 원하는 콩팥이 아니라 간과 쓸개를 촬영했다. 참 이상한 병원이다.

이렇게 하여 아들의 명령, 첫 번째 과제가 끝났다.

아들의 두 번째 명령을 수행하기 위해 대학 병원 안과를 찾았다. 15번 방에서 시력검사를 하고 8번 방으로 이동하여 상담하고 12번 방으로 갔다가 다시 8번 방으로, 또 15번 방으로 가서 검사받았다.

어느 방에선가는 환하고 강한 빛을 눈동자에 직접 비쳤다. 눈이 저절로 감긴다. 그런데 의사는 중요한 검사라고 하며 '눈을 뜨라'고 강요(?)한다. 검사를 마친 후에도 한참 동안 사물이 보이지 않았다. 눈을 뜰 수가 없었다.

무슨 검사를 어떻게 했는지 정신을 못 차리고 있는데, 접수대에서 부른다. 다음 진료 날짜와 시각을 정해 주었다. 1차 검사를 마쳤다.

예약한 날짜에 병원을 다시 찾았다. 검사 결과를 놓고 의사의 설명을 들을 거라 예상했다. 그 예상은 빗나가고 말았다. 15번 방에서 부르더니 또 검사를 받으라고 한다.

"지난번에 검사했는데······?"

"안과에 오시면 기본적으로 실시하는 검사입니다."

스스로 무식함을 폭로한 셈이다.

나의 시력에 문제가 있는 것을 알고 있다.

ⓗ병원에서 시력검사를 받을 때였다. 시력판을 바라보고 한쪽 눈을 가렸다. 글자가 환하게 보인다. 간호사가 지시봉을 갖다 대는 순간 글자가 물방울 모양으로 변형되었고, '7'자인지 '3'자인지 분간할 수 없었다. 안경을 끼고 검사를 해도 마찬가지였다. 운전면허 시험장에서 적성검사를 받을 때도 같은 현상이 나타났다.

문학회 회원들과 순천을 다녀올 때였다. 고속도로의 중앙 분리대 위로 길게 설치된 가드레일의 넓은 철판이 실로 묶어 놓은 것처럼 잘록하게 보인다. 머리를 흔들고 다시 보면 정상으로 보였다가 금방 잘록하게 보인다. 광주로 오는 동안 그런 현상이 되풀이되었다. 참 이상한 일이었다.

드디어 의사와 면담이 이루어졌다.

"시력이 0.5 정도 됩니다."

"시신경이 약해졌고 망막에 이상이 생겼으나 수술할 정도는 아닙니다. 수술하려다 오히려 더 나빠질 수도 있으니 그대로 지내시고 정기적으로 상태의 추이를 관찰하는 것이 좋겠습니다."

설명하는 의사의 목소리가 똑똑하여 좋다. 이제 끝났나 했더니 3번 방에서 부른다. 담당자는 유전자 검사를 요구한다. 연구용으로 사용한다고 하며 별도의 비용은 없다고 말했다. 웬걸 5만 원을 청구한다.

아들의 명령을 모두 수행했다. 전혀 달갑지 않은 과제

였지만 고스란히 감수했다.

"아들아, 고맙다. 그리고 사랑한다."

"이제 나의 건강에 관해 신경 쓰지 마라. 나 스스로 판단하여 필요하면 너에게 도움을 요청하마."

"너에게 해줄 말이 있다. 하나님께서는 나를 지극히 사랑하신다. 그분이 인도하는 대로 순종하며 살고자 한다."

아들의 졸업

　아들이 학위를 받는 날이다. 석사 135명, 학사 115명 등 250명이다. 행사가 끝났다. 사진을 찍으려고 아들과 나란히 섰다. '김치'하며 웃으려 하는데, 가슴 속에서 울컥하고 무엇이 올라온다. 웃을 수가 없다.

　공부하는 동안 아들의 방에는 불이 꺼지지 아니하였다. 밤 12시를 넘어 새벽까지도 그랬다. 힘들여 공부하는 것은 좋지만 건강이 염려된다. 그래서 한마디 했다.

　"잠도 자면서 공부해라."

　"다른 학생들이 안자는데 어떻게 자요?"

　아들은 흔들림 없이 공부에만 몰두했다. 몸부림을 쳤다. 나이 30을 훌쩍 넘긴 아들, 다른 사람 같으면 초등학교 학부모가 되어 있을 나이인데, 밤늦게까지 공부하는 아들이 안쓰럽다. 다행스럽게도 아들은 유급留級 한 번 당하지 않고 4학년이 되었다. 그럴 때마다 나는 소리 없는 응원을 보냈다.

　의사 국가고시를 앞두고 아들은 또 뜬눈으로 밤을 지새웠다. 지난해 11월 실기 시험을 보았고 금년 1월 초 필기시험을 이틀에 걸쳐 보았다. 그때 내가 받은 스트레

스도 상상을 초월한다. 끝까지 최선을 다하라고 격려했지만 입은 바짝바짝 말랐다. 나의 평생에 그런 초조함을 경험한 바 없다.

합격자 발표를 기다리는 중에도 긴장을 늦출 수가 없었다. 아들은 반드시 합격해야 한다. 그렇지 못하면 그 엄청난 빚 때문에 파산하게 될지도 모른다. 순간순간 이런 생각이 들면 몸서리가 쳐졌다. '하나님,' 하면 눈물부터 나왔다.

그때 아들로부터 문자 메시지가 날아들었다.

'[○○○]님, 제81회 의사 국가고시에 합격하셨습니다.

-국시원-'

고등학교를 졸업한 후로 의사 면허를 받기까지 그 기간이 무려 16년이다. 아들은 이제야 제가 원하는 길로 들어섰다. 그러기 위해, 모든 고통을 감내堪耐하며 묵묵히 걸어왔다. 불철주야不撤晝夜로 공부에 매달렸다. 각고의 노력 끝에 쟁취한 영광의 면류관이다.

축하 꽃다발을 들고 졸업식장에 들어섰다. 학위 증서를 받아 든 아들이 환하게 웃는다. 그것을 나에게 보여준다. 그 증서에는 다른 사람보다 훨씬 더 긴 시간 훨씬 더 힘들게 걸어왔으면서도, 불평 한마디 없이 견디어 온, 아들의 쓰디쓴 인내忍耐가 들어 있다.

그 아들과 사진을 찍으려 하는데 가슴이 뭉클해진다. 꾹꾹 눌러 참았던 눈물이 기어코 솟아올라 눈시울을 적신다.

아들은 지금 나에게 어른이다.

짚라인 체험기

　선유도에 도착했다. 선유도는 서해바다 한가운데 있는 고군산군도의 20여 개 섬 중 하나이다. 선유도의 낙조는 천혜의 비경이다. 바다 한가운데 점점이 떠 있는 조그마한 섬과 섬 사이의 수평선 너머 해가 질 때 선유도의 하늘과 바다는 온통 불바다를 이루어 황홀한 풍광을 연출한다. 특히 여름철 해수욕장에서 바라보는 낙조의 아름다움은 보는 사람의 가슴에 깊이 파고들어 오래오래 기억되는 비경 중 비경으로 꼽는다. 그래서 섬의 이름도 '신선이 노닐다간 섬'이란 의미의 '신선 선仙, 놀 유遊, 섬 도島'이다.

　우리 승용차는 선유도의 좁은 길로 들어섰다. 관광버스와 같은 대형 차량의 진입을 통제하는 길이다.
　앞쪽에 높게 선 건물이 보인다. '선유도 스카이 SUN 라인'이란 놀이기구이다. 강진군 가우도에서 눈으로만 보았던 '짚라인'이다. 그것을 타보고 싶은 욕구가 솟구친다.
　"나, 짚라인 타볼란다."
　"오메, 심장이 멎으면 으짤라고?"

"그러면 죽지."

"나는 안 죽을란디."

아내는 염려했지만, 나는 타보고 싶다. 그래서 탑승권을 구입했다. 아들 내와 함께 일행은 4명이다. 며느리가 있어 내 깐에는 큰돈을 썼다.

담당자가 하강 체험 서류에 등록하라고 한다. 성명, 핸드폰 번호, 나이 등을 기록하는데, 이용자 대부분이 40대, 많아야 50대다. 나는 이들에 비해 20년 이상의 차이가 난다. 그렇다고 못 탈 이유도 없다.

안전요원의 지시에 따라 안전 장비를 착용하는 곳에 섰다. 서너 명의 안전요원이 부지런히 움직인다. 두 발이 그려진 바닥에 맞추어 안전 장비를 벌이어놓았다. '발자국 위에 발을 올려놓으세요.' '장비를 허리까지 끄집어 올리세요.' 한다. 나머지 절차는 안전요원이 처리한다. 안전모도 챙겨 쓰고 면장갑도 끼었다. 두려움을 떨치려고 '괜찮아!'하며 마음을 다져 먹었다.

이제는 체험장으로 이동한다. 엘리베이터를 타고 11층으로 올라갔다. 거기서 계단을 이용하여 12층으로 올라갔다. 10여 쌍의 관광객이 대기하고 있다. 차례를 기다리는 동안 선유도 해수욕장과 그 주변의 풍경을 감상한다. 그런데 아내와 며느리의 표정이 묘하다. 그것을 보고 있으려니 나도 약간의 조바심이 난다.

'너무 가벼우면 중간에 멈추는 경우가 있어서 두 명씩

탑니다.' 안전요원의 말이 불안감을 조성한다. 이어서 '중간에 멈추면 줄이 오니까 앞에 탄 사람이 그 줄을 잡으면 됩니다.'라고 일러준다. 병 주고 약 주는 꼴이다.

이용하는 사람 대부분은 남녀 한 쌍인데 앞뒤에 타는 사람이 정해진 것은 아니다. 안전요원은 올라오는 순서대로 탑승자의 허리에 안전 고리를 채운다. 그리고는 안전 장비를 밧줄에 연결한다. 능숙한 솜씨로 임무를 수행한다. 그것이 끝나자 안전 고리를 풀었다.

"앉으세요."

"발 떼세요."

안전요원의 지시에 따라 발을 떼면 짚라인은 미끄러지듯 내려간다. 그 광경을 바라보는 대기자 중에서 '와아~' 하는 탄성이 터져 나오기도 하고, 하강하는 중에 손을 흔들며 여유를 부리는 모습도 보인다.

우리 차례가 되었다. 내가 앞에 아내가 뒤에 섰다. '앉으세요.' 한다. 밧줄에 매달린 줄을 바투 잡고 앉았다. 체중이 실리는 것이 느껴진다. '발을 떼세요.' 한다. 아내가 발을 들었는지 확인하고는 나도 발을 들어 앞으로 쭉 뻗었다.

'와우우~~~' 출발이 참 좋다.

'따르르르' 도르래 돌아가는 소리가 경쾌하게 들린다. 도착 지점의 사람들이 작은 점으로 보인다. 초등학생을 데리고 수학여행 갔을 때 에버랜드에서 탔던 '청룡열차'보다 느리지만 기분은 좋다. 내려가는 중간에 오른손을 높이 들어 흔들기도 했다.

도착지 점이 눈앞이다. 속도가 줄지 않는다. '어디에 발을 디딜까?' 하며 아래로 내려다보는데, 안전요원이 줄을 잡고 마중 나온다. 그 줄에는 원통형 고리가 띄엄띄엄 연결되어 있다. 그것들이 내려오는 짚라인의 도르래와 부딪히며 '따다다다다닥~' 하는 소리를 내면서 속도가 줄었다.

아~, 신나는 체험이었다. 나뿐만 아니라 아내도 아들 내외도 그랬을 것이다.

새만금 방조제가 건설되고, 연륙교가 가설되고, 도로가 말끔하게 닦아진 덕분에 선유도까지 관광을 왔고, 생애 길이 남을 소중한 체험도 했다. 그 감흥이 좀체 가시지 않는다.

양유복 자서전 발간 축하 시 낭독(2024년)

제
5
부
—

나의 어머니

여동생에게서 편지가 왔다.
그 편지에는 어머니의 이야기가 있고,
19살의 꽃다운 나이에 생을 마감한
자기 언니의 이야기도 있다.
그것을 담담하게 풀어놓았다.

잊힌 줄로만 알았던
어머니에게 죄스럽고 여동생들에게 미안한
50년 전의 이야기를 소개한다.

나의 어머니, 세 분

나의 어머니는 세 분이다. 나를 낳아주신 생모, 새어머니, 그리고 장모 이렇게 세 분이다.

■ 나의 생모 충주 박씨

나의 아버지는 1921년생 닭띠이시다. 24세에 나의 생모 충주 박씨와 결혼하여 가정을 이루었다.

어머니는 그 이듬해 나를 낳으셨고 2년 터울로 동생을 낳았으며, 내가 2학년이 되었을 때 어머니 슬하에는 자녀가 다섯이나 되었다.

어머니는 여섯 번째 아기를 잉태하셨다. 가난한 살림에 도저히 감당할 수 없다고 판단했었는지 어머니는 차마 하지 못할 일을 결단했었다. 그렇게 끝났으면 좋으련만 얼마 가지 아니하여 일곱 번째 아기를 가졌다.

당시에는 가족 계획이 발달하지 아니한 시기라 어쩔수 없었을 거라 짐작은 하지만, 어머니의 고통을 배려하지 아니한 아버지가 몹시도 야속하다.

얼마의 시차를 두었는지 모르지만 두 번에 걸친 소파

수술搔爬手術은 어머니에게 치명적인 부담을 주었고, 결국 향년 32세의 젊은 나이에 세상을 하직하셨다.

■ 새어머니 경주 이씨

이듬해인 1957년 2월, 아버지께서는 새 장가를 드셨다. 상대는 동아실 할머니의 소개로 만난 경주 이씨다.

동아실 할머니는 동명동 우리 집에서 가까운 거리에서 사셨는데 어머니와 친하게 지내셨다. 나와 어떤 인척 관계인지 정확하게는 모른다.

동아실 할머니에게는 아들이 둘 있었다. 그 아들 중 하나는 동아실 할머니께서 청와대로 편지를 보내서 취직시켰다고 했다.

새어머니는 전처의 소생인 나와 어린 동생들을 정성으로 돌보셨다. 특히 세 살배기 막냇동생은 여덟 달 반 만에 태어난 미숙아였다. 생모로부터 충분한 영양 공급을 제대로 받지 못했었기 때문에 무척이나 허약했다. 이런 동생을 건강하게 키우셨다.

아무리 그래도 우리에게는 말 못 할 사연이 있었다. 그것은 새어머니도 마찬가지였을 것이다. 더구나 가난한 살림에 돼지처럼 먹어대는 전처 자식이 다섯이나 있었으니 두말할 것 없다.

어머니 슬하에 자녀가 넷 있었다. 큰딸은 중학교만 나오고 우여곡절 끝에 한국통신에 취직하였고, 둘째인 아들도 중학교 학력으로 개인 기업체에 취직했다. 셋째인 딸은 고등학교를 나왔고, 넷째인 아들은 초등학교에 다닐 때 야구를 배웠지만, 뒷받침을 못 해 고등학교만 마쳤다.

전처소생인 나와 둘째 동생 그리고 다섯째 동생까지 어머니의 생활비를 보내드렸지만, 그것으로 가난의 목마름을 해소할 수 없었다.

■나의 장모 낭주 최씨

아버지의 팍팍한 삶은 나에게 그대로 영향을 미쳤다.

초등학교 교사로 발령받았을 때 내 나이 26살로 결혼 적령기였으나 단간 셋방에서 사는 아버지의 가난 때문에 엄두도 내지 못했다. 남의 집 귀한 딸을 데려다가 고생만 시킬 것 같아 주저주저했었다.

그래도 30을 넘기고 나니 초조해졌다. 눈 딱 감고 장가를 들었고, 이렇게 해서 나의 장모 낭주 최씨와 인연을 맺었다.

1978년 1월, 아내를 맞이한 나는 학교 근처 나주댁의 작은 방에 살림을 차렸다. '좁은 틈에 장모 낀다.'라는 말처럼 장모님은 우리 집에 오셨다. 그리고 아내를 비롯하여 나의 아이들에게 사랑을 베푸셨다.

나에게 생명을 주신 생모, 학창 시절에 영향을 미친 새어머니, 결혼 이후 자녀 사랑을 가르쳐 주신 장모 이렇게 세 분이다.

빚은 독毒이다

■ 어머니의 친정

나의 생모 충주 박씨의 친정은 광주광역시 광산구 절
골 마을이다.

외가에 가면 나는 외할머니께서 거처하는 골방에서 잤
다. 외할머니께서는 연세가 매우 많으셨다.

어머니의 남매는 일곱이었다. 오빠가 둘이요, 언니가
셋이며, 남동생이 하나 있었다. 7남매 중에 여섯째이다.

어머니의 큰 오빠, 나의 큰 외숙은 일찍 돌아가셨는지
뵌 적이 없다. 그렇지만 그의 가족은 각 분야에서 두각
을 나타냈다. 큰형님은 전남대학교 수학과 교수였고 광
주광역시 교육위원회 부의장을 역임하셨다. 둘째 형님은
큰 사업체를 운영한 기업가로 광주광역시 상공회의소 임
원을 하셨으며, 고등학교에 다닐 때 탁구 선수로 이름을
날린 넷째 형님은 ○○은행 호남본부장까지 지냈다.

둘째 외숙께서는 나의 모교인 서석초등학교 교장을 역

임한 바 있는데, 나의 여동생 졸업장에 '○○국민학교장 박○○' 이렇게 외숙의 함자가 있다.

어머니의 언니들은 모두 이름난 가문으로 시집을 가셨다. 첫째는 장성군 진원면 기씨 가문으로, 둘째는 해남군 연동의 윤씨 가문으로, 셋째는 장등이 마을의 고씨 가문으로 시집가셨는데, 모두 그 지역의 이름난 집안이다.
나의 어머니의 시집도 마찬가지였다. 시아버지는 읍장이셨고, 아버지의 8촌 형님은 제2대 제5대 국회의원을 지낸 분이다. 실로 쟁쟁한 집안이다.
이처럼 나의 외가는 명문가였다. 네 명의 딸을 모두 그 지역의 이름난 집안으로 시집보냈다.

■어머니의 시집살이

친정이 명문이라고 해서 어머니의 행복이 보장되는 것은 아니었다. 시가가 명문이라 해도 마찬가지다. 이상하게도 이모 세 분께서는 홀로 사셨다. 내가 어렸을 때 이모부를 뵌 적이 없다. 외가에 가면 이모의 불행을 이야기했다.

나의 어머니도 시집살이가 무척이나 고단하셨다. 갓 시집온 어머니를 힘들게 한 것은 시媤할머니를 모시는 일이었다. 일부러 시집살이시킨 것은 아니었겠지만 나의 백부께서 광주에 소재한 고등학교에서 교사로 근무한 관계로 시할머니를 모시는 일은 둘째 손부인 나의 어머니

몫이 되고 말았다.

아버지의 말씀에 의하면 시媤할머니의 방에서는 고약한 냄새가 풍겼다고 한다. 그것 때문에 파리가 떨어져 죽을 정도였다고 하니 어머니의 고생은 상상도 할 수 없다.

아버지의 말씀을 들은 후 할머니가 미웠다. 내 나이 70이 다 되어 할머니의 삶에 대하여 더 자세히 알기 전까지 그랬다.

할머니의 댁호는 마포다. 마포 할머니는 22세에 시집오셨다. 나에게는 증조할머니다. 23세에 아들을 낳으셨다. 장흥 읍장을 역임하신 나의 할아버지이시다. 그리고 24세인 1900년에 남편을 여의고 홀로 되셨다. 내가 태어난 해에 당신의 아들이 먼저 세상을 떠났다. 이후 마포 할머니는 삶의 의미를 잃어버렸는지 시름시름 앓다가 1951년, 세상을 하직하셨다.

마포 할머니를 속으로 미워했던 마음이 변한 것은 아들 교육에 관한 이야기를 들은 후이다. '애비 없는 자식 어떻게 하라'고 가슴을 치신 마포 할머니의 일화는 실로 눈물겨웠다. 초등학교 교원으로 장장 37년 동안 봉직했던 나보다 훨씬 더 훌륭한 교육자였다. 더 이상 미워할 수 없었다.

할머니께서 돌아가시면 어머니의 삶이 부드러워져야 한다. 그렇지만 현실은 전혀 딴판이었다.

내가 초등학교에 들어갈 때쯤 어머니는 아버지의 직장을 따라 광주로 나왔다. 아버지의 수입이 시원치 아니하였는지 어머니는 보따리 장사를 하고, 자그마하게 벌린 계의 계주를 하며 살림을 늘려가셨다.

그러는 중에도 아버지와 어머니 사이에 싸우는 일이 자주 있었다. 아마도 알뜰한 어머니와 그렇지 못한 아버지 사이에 생긴 갈등이 원인이었을 것이다.

■ 빚은 독毒이다

4학년이 되었을 때 우리 집에는 빚쟁이들이 몰려와 있었다. 당시 광주에서 크게 벌였던 계가 깨지면서 그 여파로 어머니는 빚쟁이가 되었고, 그것을 정리하지 못한 채 세상을 떠나셨다.

이렇게 되자 우리 집에는 빚을 받으려는 사람이 수도 없이 찾아왔다. 그러나 빚을 갚으려는 사람은 하나도 없었다. 이게 세상인심이다. 어머니께서 마련한 동명동 우리 집을 누군가에게 헐값으로 넘기고 말았다.

'빚은 독毒이다.'

이런 일을 겪은 후에 내린 결론이다. 비록 가난했지만, '굶을지언정 빚은 지지 않겠다.'라고 마음먹었다. 그것을 몇 번이고 다짐했었다.

내 나이 50을 넘기고서야 자그마한 아파트를 장만했으며, 이때도 은행 대출금 2천만 원을 갚으려고 허리띠를 바짝 졸라맸던 아픈 기억이 있다. 그 빚은 원리금을 갚아갔었는데 그 기간이 20년이었다. 우리는 10년 만에 그 빚은 다 갚았는데, 그것을 따져보니 이자의 합이 원금보다 더 많았었다.

정말이지 빚은 독이었다.

이런 나에게 주변 사람들은 융통성이 없다고 핀잔한다. 그래도 '빚은 독이다.' 그것은 어쩔 수 없다.

지긋지긋한 가난, 그것을 벗어나는 일은 참으로 힘들고 어려웠다. 70을 넘기고 80을 바라보는 지금도 그 가난을 벗어나지 못한 채 그날그날 연명하고 있다.

어머니에게서 물려받은 것

"느그 어머니가 돌아가셨다."

청천벽력과도 같은 말이었지만, 당시 나는 슬픈 감정을 느끼지 못했었다. 50년의 세월을 보내고서야 어머니에 대한 미안함이 밀려온다. 그리고 생모로부터 물려받은 소중한 것이 나에게 있음을 깨달았다. 그것은 순하고 착한 성품이다.

나는 학창 시절에 학비를 내지 못하여 교무실로 불려가는 일이 비일비재非一非再했었다. 그렇지만 그것을 다급하게 생각하여 아버지를 조르는 일도 없었다. 대학에 다닐 때도 그랬었는데 그것은 초등학교에서 근무하는 30여 년 동안 나의 길을 가로막는 장애물 중에서 가장 큰 장애물이었다.

초등학교 교사가 되어서도 그랬다. 학급을 배정받을 때, 간혹 까다롭게 구는 학부모가 있는 학급은 맡지 않으려고 한다. 그런 경우 교감 선생님은 나에게 와서 '자네가 맡아 주어야겠네.' 했었다. 성품이 순한 나는 그것을 거부하지 못했다. 분장 사무도 마찬가지였다. 지금은 행정실이 따로 있지만 그때는 경리나 육성회비를 관리하는 업무도 교사에게 맡겼다. 어느 해였는지 모른다. 교감 선생님이 분장 사무를 발표했다. 그러자 여자 선생님이 들고 있던 펜을 책상 위로 내동댕이치고 말았다. 교감 선생님은 또 나에게로 왔다.

교감으로 승진해서도 5년 동안 교감이 없었던 학교로 배치되었다. 대부분의 교감은 이런 학교를 꺼린다.

교장이 되어서도 마찬가지였다. 나는 정년이 3년 남은 관계로 이리저리 옮겨 다닐 수 없었다. 일단 발령받으면 그 학교에서 교직을 마쳐야 한다. 이런 형편을 감안하면 유능한 선생님들이 근무하는 학교, 교통이 편리한 학교에서 근무해야 한다. 그것은 나의 소망 사항일 뿐 정작 내가 발령받은 학교는 근무 여건이 그 지역에서 가장 불리한 학교였다. 경력 교사는 모두 빠져나가고 정년을 바라보고 있는 교사, 20여 년 전 교직을 떠났다가 다시 돌아온 신규교사 등으로 구성된 학교였다.

이랬음에도 불평 한마디 하지 않았다. 자갈돌을 주워내고, 가시떨기를 뽑아내어 좋은 밭을 일구는 농부처럼 묵묵히 자신의 임무에 충실했다. 그것을 숙명宿命으로 받아들였다.

세상은, 나처럼 착하게 사는 사람을 깔보는 경향이 있다. 그래서 손해를 많이 본다. 그렇지만 곰곰 생각해보면 나의 인생에 긍정적인 면도 있다.

어린 시절의 어려운 환경을 극복한 것이나, 초등학교에서 37년의 공직 생활을 성공적으로 마칠 수 있었던 것은 어머니께서 전해주신 순하고 착한 성품 때문이었을 것이다.

나의 생모 충주 박씨는 일찍 돌아가셨지만, 그 유전자는 나를 통해 우리 아이들에게로 전해졌을 것이다. 그렇다고 해도 나처럼 손해만 보며 살게 하고 싶지는 않다. 만약 손해 볼 일이 있다면 내가 손해를 보고, 어려움을 당해야 할 일이 있다면 내가 감당하기를 원한다. 그리하여 우리 아이들은 자신이 노력한 만큼의 대우를 받고, 그것을 누리며 살기를 원한다.

이것이 우리 아이들을 위한 나의 작은 소망이다. 아마 나의 생모를 비롯하여 세상의 모든 부모가 다 그럴 것이다. 그 바라는 바가 나와 똑같을 것이다.

성묘

■ 성묘 가는 길

추석 바로 전날, 벌초 겸 성묘하러 갔다. 미적미적 미루다가 추석이 코앞에 다가와서야 부랴부랴 시간을 냈다. 아내와 둘째 딸 그리고 아들 등 넷이다. 큰딸은 허리가 아프다고 하여 집에 남았다.

오전 10시경 집을 나섰다. 북부경찰서 사거리에 도착했다. 차량이 밀려 있었으나 신호 한 번에 통과했다. 평상시에 비해 오히려 한가한 편이다.

자동차는 경쾌하게 달려 화순으로 나가는 도로에 접어들었다. 꼬리에 꼬리를 문 차량 행렬이 저~ 앞까지 길게 이어졌다. 속도는 느려도 정체된 것은 아니다.

너릿재 터널을 통과하고 화순읍을 지났다. 자동차의 속도가 시속 80㎞ 이상으로 높아지면서 능주읍과 춘양면을 지나 이양면까지 순식간에 달려왔다.

이제는 청풍면의 꼬불꼬불 산길이다. 눈이 많이 내린 어느 날, 자동차가 미끄러지면서 180도 회전했던 지점이 나타났다. 몸이 저절로 움츠러든다. 속도를 줄이고는 오른쪽으로 구부러진 도로를 조심스럽게 돌았다.

화순군과 장흥군의 경계인 곰치 고개를 넘었다. 자동차는 장평면의 왕복 4차 도로를 미끄러지듯 달려 피재를 넘었다. 장흥댐 주변을 지나 아내가 다녔던 부산초등학교 옆을 지나간다. 높이 솟은 국기 게양대에서 팔랑거리는 태극기가 파란 하늘과 어울려 유난히도 아름답다.

장흥읍 우산리, 어머니의 산소가 있는 주변 도로에 차를 세웠다. 순천에 사는 동생이 뒤따라왔다.

■ 벌초하기

산소로 들어가는 길에는 억새가 내 키보다 더 높게 자라, 길이 보이지 않았다. 도로에서 산소까지의 거리가 가까우니 망정이지 조금만 멀었다면 산소의 위치도 찾지 못할 지경이다.

낫을 들어 풀을 좌우로 헤쳐 가며 산소에 들어섰다. 왼쪽은 나의 조모 월남마님의 산소이고, 오른쪽은 나의 생모 광주댁 충주 박씨의 산소이다. 잔디가 많이 자라 있었지만, 쑥이나 다른 잡풀은 없다.

어머니 산소 앞 상석에 준비한 음식과 과일을 진설하고 간단하게 제를 올렸다. 그리고 주변을 정리했다. 팔을 걷어붙이고 일을 하다 보니 이마에서 송골송골 솟은 땀방울이 볼을 타고 흘러내리다가 방울방울 떨어진다.

묘지의 북쪽 경계에는 열병하는 군인처럼 메타세콰이

어 나무가 일렬로 나란히 서 있다. 20여 년 전 억불산 중턱에 모셨던 어머니의 산소를 이곳으로 이장할 때 심었던 나무이다. 그 당시에는 1m 정도로 작았었는데 지금은 고개를 쳐들어야 그 끝이 보일 정도로 컸다. 나무의 아래쪽 잔가지를 잘랐다. 바람이 통하고 한결 시원하게 보인다.

묘지의 앞쪽에는 동백나무 두 그루가 형제처럼 나란히 서 있다. 무성한 가지를 솎았다. 잔가지는 낫으로 치고 굵은 가지는 톱으로 썰었다. 전문가는 아니지만 수형을 잡아가며 손질하고는 조금 떨어져서 바라보았다. 갓 이발을 끝낸 것처럼 시원하다.

그 옆에 도토리나무 두 그루가 서 있다. 언제부터 이곳에 있었는지 모르겠다. 키가 그리 크지 아니하여 자르는데 어렵지는 않다. 한동안 게으르고 무심했던 것을 반성한다.

가시덩굴도 많이 번져 있다. 친친 감은 덩굴의 무게를 견디지 못한 것인지 소나무의 굵은 가지 하나가 땅에 닿을 정도로 휘어져 있다. '얼마나 성가실까?' 이런 생각을 하며 덩굴을 걷어 냈다.

왼쪽으로 상당히 큰 단풍나무가 몇 그루 나란히 서 있고 그 가운데 무궁화나무도 한 그루 섞여 있다. 단풍나무는 잎이 깨끗하고 무성하다. 반면 무궁화나무는 가지가 앙상하다. 한들거리는 가지에 벌레가 갉아 먹어 형체를 알아볼 수 없을 정도의 잎이 듬성듬성 달려 있고, 하얀 꽃이 몇 송이 붙어 있다. 애처롭게 보일 정도로 앙상하다.

세상에는 두 종류의 사람이 있다. 단풍나무와 같은 부류의 사람과 무궁화나무와 같은 부류의 사람이다.

무궁화나무를 보고 있자니, 마치 우리의 역사를 보는 듯하다. 중국의 공격, 일본의 공격 등 수많은 외침에 부대낀 우리 민족, 그래도 끈질기게 대항하여 생명력을 이어온 조선의 역사를 보는 듯하다.

민족의 기질을 바꿀 수는 없을까? 이런 생각을 떨칠 수 없다. 외침에 당하기만 하는 무궁화나무의 기질을 당당하게 맞서는 단풍나무의 기질로 바꿀 수는 없을까? 나약한 기질을 굳세고 강한 기질로 바꿀 수는 없을까? 부질없는 생각을 하며 땀을 닦는다.

사랑의 증표

■ 사랑의 증표

성묘를 마치고 집으로 돌아간다. 초등학교에 다닐 때 어머니의 모습이 활동사진처럼 눈앞에 아른거린다.

초등학교 2학년 때이다. 운동회를 앞두고 운동장에서 연습하고 있을 때였다 어머니께서 학교에 나오셨다. 친하게 지내던 이웃집 석길이 어머니와 나오셨다. 아기를 업고 나오셨다. 다섯째 남동생으로 짐작된다.

그때를 생각해보면 나는 어머니에게 못난 아들이었다. 선생님의 말씀을 알아듣지 못해서 숙제를 하지 않은 날이 많았고, 연필을 잃어버려서 쩔쩔맸던 일도 자주 있었으며, 사친회비를 납부하러 갔다가 어떤 형의 꾐에 빠져 그것을 빼앗긴 적도 있었다. 이렇게 못난 내가 부끄럽다. 어머니에게 미안하다.

어머니가 학교에 나오신 것은 그날 한 번뿐이었지만, 변변치 못한 아들을 위해 어머니가 보여준 사랑의 증표였다.

■ 보고 싶은 엄니

어머니께서 하늘나라로 가셨을 때 슬하에 5남매가 있었다. 나는 4학년, 대구에서 사는 둘째 남동생은 2학년, 어머니를 따라 저세상으로 먼저 간 셋째 여동생은 1학년이었다. 그 여동생은 어린 나이였음에도 '엄니~, 엄니~' 하며 서럽게 울었다. 제주도에 사는 넷째 여동생과 순천에 사는 다섯째 남동생은 취학 전이었다.

어머니께서는 당신의 자녀가 마음에 걸렸을 것이다. 운명하기 전에 아버지의 옷깃을 부여잡고 몸부림하시다 눈도 감지 못한 채 운명하셨다고 아버지께서 전하셨다.

어머니를 불러본다. 그때는 어머니라고 부르지 않았다. 엄마라고도 부르지 않았다. 그냥 엄니라고 불렀다. '엄니~~' 광주댁, 나의 엄니를 부른다. 소리 없이 부른다.

50년도 더 지나, 기억이 가물가물한 엄니가 보고 싶다. 부르면 '오냐' 하고 금방이라도 대답할 것 같은 엄니가 보고 싶다. 그 마음 간절하다.

어머니의 피난길

　외가의 회갑연에 갔다. 주인공은 외종 둘째 형님의 형수님이다. 때는 1993년 12월 14일(화) 6시, 장소는 북구청 주변 음식점이다.

　연회장에 들어섰을 때, 종달 형님과 형수님께서 무척 반가워하셨다. 외가의 친척분들도 여럿 만났는데 거기서 특별한 분을 만나 특별한 이야기를 들었다.

　특별한 분은 해남 이모의 큰딸 송자 누나였고, 특별한 이야기는 37년 전에 돌아가신 내 어머니의 이야기였다. 1950년 전쟁 중에 일어난 이야기였고, 어머니의 고단한 삶을 새삼 깨닫게 한 이야기였다.

■ 연동으로 가는 피난길

　6·25 전쟁이 일어난 직후, 세상이 뒤숭숭할 때였다.

　어머니는 해남 연동에 사는 이모 댁으로 피난을 갔다. 왜 그곳으로 피난을 갔었는지 이유는 모른다.

　당시 어머니의 자녀는 삼 남매였는데, 나와 손아래 동생 두 아들은 고향 평화리에 남겨 둔 채 젖먹이 여동생만 데리고 가셨다.

어머니는 차마 떨어지지 않는 발걸음을 억지로 떼며 가셨을 것이다. 멀고 험한 길을 가는 동안 그 고생이 얼마나 컸을까? 주린 배는 무엇으로 채웠을까?

그때는 교통이 편리한 때가 아니다. 장흥에서 강진까지 40여 리(16㎞ 정도)이고, 강진에서 다시 해남까지 60여 리(24㎞ 정도), 거기서 또 연동으로 가야 한다. 오로지 걸어서 가야 한다. 하루 동안에 갈 수 없는 거리다. 밤은 어디에서 지샜을까?

머리에 보퉁이를 이고 등에는 아기를 업고 피난길에 오른 어머니의 모습이 눈앞에 그려진다. 초등학교 교과서에서 보았던 피난민의 모습 그대로이다.

어머니가 이모 댁에서 지낸 시기는 '보릿고개*'였다. 전쟁으로 인하여 그것이 더욱 심각했을 것이다. 이런 시기에 언니 댁에 얹혀 있는 것이 미안하고 불편했을 것이다. 불안한 나날을 보냈을 어머니의 그 마음을 나로서는 도무지 헤아릴 수 없다. 그때, 송자 누나는 13살이었다고 한다.

---

* 보릿고개 : 지난 가을에 거둔 쌀은 거의 바닥이 나고 새로 익은 보리는 아직 수확하지 못해 식량이 없을 때인데, 대부분의 사람들은 이때를 넘기기 위해 산에서 나물을 캐 죽을 끓여 먹기도 하고 소나무 껍질을 벗겨 먹기도 하였다. 이처럼 어려운 시절이 60년대까지 이어지다가 박정희 정권이 추진한 새마을 운동으로 소득 증대 사업을 벌여 지금과 같은 풍요로운 세상이 되었다.

■ 엄습해 오는 전쟁의 공포

며칠 후 아버지께서 연동으로 오셨다. 송자 누나는 떠나는 어머니를 배웅하러 동구 밖에까지 나왔다가 나의 고행 평화마을까지 따라왔다.

어머니는 따라오려는 질녀를 돌려보냈어야 했다. 그러나 결단력이 부족했던 것인지 평화까지 데리고 왔다. 어머니의 우유부단한 성품은 나에게로 전수된 듯 결단을 내리지 못한 경우가 많다.

나의 할머니께서는 질녀를 데리고 온 어머니께 역정을 냈을 것이다. 식량이 부족한 것은 차치하더라도 국회의원의 가까운 친척인지라 언제 불행이 닥칠지 모른다. 혹시라도 사돈댁의 어린 소녀가 해를 당하면 그것 또한 낭패다. 이런 점을 감안하더라도 조금만 너그럽게 대했더라면 하는 아쉬움도 남는다.

어머니에 대한 미안함과 할머니에 대한 민망함 때문이었는지 송자 누나는 이웃 마을에서 한나절을 보내고 왔다. 이것이 또 문제가 되었다.

어디에서 누구를 만났는가? 무슨 말을 했는가? 할머니께서는 불안한 마음을 거침없이 토로했을 것이다.

당시의 시대 상황이 어수선했지만 겨우 13살의 어린 소녀더러 어쩌란 말인가? 몸 둘 바를 몰라 쩔쩔매는 송자 누나와 그것을 바라보며 안절부절못하는 어머니, 이런 장면이 머릿속에 그려지면서 전쟁의 공포가 엄습해 온다. 지금 이런 상황이 전개된다면 과연 견딜 수 있을까?

■ 절골로 가는 피난길

어머니는 또 피난길에 올랐다. 당신의 친정 절골로 갔다. 송자 누나를 데리고 여동생을 업고 떠났다.

절골은 해남보다 훨씬 더 멀고, 훨씬 더 험한 길이다. 다리를 질질 끌며 걸어가는데, 길옆의 게딱지 같은 오막살이집에서 하얀 연기가 솟아오르고, 보리개떡 굽는 냄새가 풍긴다.

"이모, 저 집에 가서 얻어먹고 가요."

송자 누나의 제안이었다. 먼 길을 걸어서 지쳐 있고, 배에서는 쪼르륵 소리가 나는 상황인데, 보리개떡 냄새가 콧속을 파고든다. 13살의 어린 소녀가 이런 유혹을 어찌 견딜 수 있었겠는가? 젖을 먹이는 어머니 역시 마찬가지였을 것이다.

밤이 되어 어느 민가에서 잠을 자게 되었다. 이때 어떤 사람이 검문을 했다.

"어디서 왔소?"

"해남 연동에서 왔어요."

"아니, 해남 송지라고 쓰여 있는데?"

어머니는 신분을 감추기 위해서 해남 송지 사람이라고 써놓았었다. 그러나 그게 어찌 쉬운 일인가? 거짓이 드러나고 말았다. 피를 말리는 순간이었다. 그런데 어머니의 지혜는 위험한 상황에서 번득였다.

"연동에서 송지로 이사한 지 얼마 안 되어서 그래요."

'휴~~~.'

이야기를 끝맺은 송자 누나의 눈에는 이슬이 맺혀 있다. 43년 동안 가슴 속에 묻어두었던 이야기를 풀어놓은 누나의 마음이 후련해졌을 것이다. 그 대상이 이모의 아들인 나에게 풀어놓은 것이라 더 그랬을 것이다.

나흘 후인 12월 18일은 어머니의 기일이다. 송자 누나의 이 이야기를 제37주기 제사상에 제물로 올려야겠다. 동생들과 공유해야겠다.

어머니의 진정한 자녀

2014년 6월, 장모님께서 세상을 하직하셨다. 새어머니께서는 2013년 4월에 돌아가셨고, 생모께서는 1956년 12월에 돌아가셨다. 이로써 나의 어머니 세 분 모두가 돌아가셨다.

그런데 이상한 점이 있다. 어머니께서 돌아가셨을 때저마다 눈물을 흘리며 슬피 우는 자녀가 있었다. 누구였을까?

■ 장모님 낭주 최씨의 자녀

나의 장모님 낭주 최씨에게는 자녀가 셋 있었다. 아들이 하나요, 딸이 둘이다. 이들 중 큰딸이 먼저 갔다. 췌장암으로 고생하다 떠났다. 당시 80세가 넘은 장모님은홀로 서울까지 오가며 피눈물을 흘리셨다.

장모님은 말년에 아내를 자주 불렀다. 아내는 친정어머니의 요청을 거절하지 않았다.

'제각을 새로 수선했다.' 하면 부산면으로 모시고 갔었고, 바깥나들이를 하고 싶어 하면 고서 국밥집, 봉산면

팥죽집, 용전의 맛집 등을 찾아가 음식을 맛보게 해드렸다. 언젠가는 당신의 친정으로 모시기도 했다. 청상과부로 살아야 했던 시절, 몸을 의탁했던 당신의 친정집도 둘러보았고, 물이 귀한 시절에 떠다 먹었던 우물도 둘러보며 옛 추억을 되살리게 해드렸다. 어린아이 같은 하소연을 다 들어주었다.

이랬던 장모님께서 돌아가셨을 때, 나의 아내가 울었다. 장모님의 시신 곁에서 뜨거운 눈물을 쏟아내며 하염없이 울었다. 3개월이 넘도록 어머니를 떠나보내지 못했다.

장모님 낭주 최씨의 자녀 중에서 슬피 울며 애통해하는 자녀는 나의 아내였다. 말년의 장모님께서 몸을 의탁했던 당신의 세 번째 자녀 딸이었다.

■ 새어머니 경주 이씨의 자녀

새어머니 슬하에는 자녀가 넷이다. 1999년 10월 아버지께서 78세를 일기로 돌아가신 후 어머니께서는 광주로 내려오고 싶어 하셨다. 경기도 안양에서 자녀 셋을 결혼시키며 살았지만, 거기에서는 피붙이가 없어 외롭다는 것이었다.

당시 새어머니는 73세로 함께 기거할 자녀가 필요했다. 첫째인 큰딸은 서울에 있는 직장에 다닌다. 둘째인 큰아들은 미국 시민권자가 되었으며, 넷째인 둘째 아들도 그 일터가 충청도였다. 우여곡절 끝에 셋째인 작은딸이 어머니를 모시게 되었다. 어머니와 함께 광주로 내려왔다.

여동생에게는 자녀가 둘 있었다. 초등학교에 입학하기 전이라 어머니에게는 최고의 선물이었다.

그러나 어머니는 성품이 대쪽 같았다. 골다공증이 엄청 심한 어머니에게 나라의 도움을 받자고 권했으나 한사코 마다하셨다. 이런 어머니를 여동생은 불평 없이 받들며 모셨다. 광주에서만 모신 기간이 얼마인가? 자기 딸이 대학에 입학할 때까지 모셨으니 최소 12년이다.

새어머니께서 돌아가셨을 때 그 여동생이 울었다. 장례식장 한쪽 구석에 쪼그리고 앉아 어깨를 들썩이며 서럽게 울었다.

새어머니 경주 이씨의 자녀 중에서 슬피 울며 애통해하는 자녀는 그 여동생이었다. 요양보호사의 손길을 거부할 만큼 까다로운 성품의 어머니를 군말 없이 모신 당신의 세 번째 자녀 딸이었다.

■ 생모 충주 박씨의 자녀

나의 생모께서 돌아가실 때, 슬하에 자녀가 다섯이었다.

이들 중 슬피 울며 애통해하는 자녀는 초등학교 1학년 여동생이었다. 4학년이었던 나는 대를 쪼개서 상여 만드는 모습을 구경할 정도로 세상 물정에 어두웠다.

어머니의 시신을 수습할 때 참례한 분들이 모두 고개를 숙이고 울었다. 아버지는 '어니~' '어니~' 하셨고, 할머니는 '아이고' '아이고' 하며 우셨다. 그런데 나에게서는 눈물이 나오지 않았다. 눈을 말똥말똥 뜨고 있었다.

이런 나를 연당 아저씨께서 보시고는 '울어라.'라고 눈짓
하셨다. 그러나 눈물이 나오지 않았다. 대신 초등학교 1
학년이었던 여동생이 울었다. '엄니~', '엄니~' 하며 소리
내어 울었다. 구슬 같은 눈물을 뚝뚝 흘렸다.

나의 생모 충주 박씨의 자녀 중에서 슬피 울며 애통
해하는 자녀는 초등 1학년 여동생이었다. 갓난아기 시절
어머니 등에 업혀 피난 갔던 당신의 세 번째 자녀 딸이
었다.

■ 어머니의 진정한 자녀

나의 어머니 세 분에게 진정한 자녀는 누구일까? 이
질문에 답하기 전에 정철의 시조를 읊어본다.

어버이 살아신 제 섬길 일란 다하여라
지나간 후後면 애닯다 어찌하리
평생平生에 고쳐 못할 일이 이뿐인가 하노라

정철은 '어버이 살아신 제 섬길 일란 다하여라.'라고
강조한다. 이 교훈대로라면 장모님에게 진정한 자녀는
나의 아내요, 새어머니에게 진정한 자녀는 그 여동생이
며, 생모에게 진정한 자녀는 초등 1학년 여동생이다.

이들이야말로 생전의 어버이 섬기기를 진심으로 다한
자녀이다. 희로애락을 함께 한 어머니의 진정한 자녀이
다.

여동생 숙의 편지

제주도의 여동생에게서 편지가 왔다. 이메일로 전해온 편지다. 편지를 보낸 시각은 '2016.03.28. 14:29'로 되어 있다. 여동생의 편지를 읽으면 뜨거움이 가슴에서 복받쳐 오른다. 그 고운 마음이 훼손되지 않도록 그대로 옮긴다.

가끔은 그런 생각을 해 보았지요.

지금 9남매가 되었는데 그냥 생기는 대로 낳으셨으면 얼마나 좋았을까?

그러면 언니와 나의 인생이 많이 달라져 있지 않을까? 그런 부질없는 생각을…….

어쩌면 모두가 운명이었겠지요. 밑에 동생들이 태어나야 할 이유가 있었을 테니까요.

학교에서 수업 시간에 언니가 죽었다는 연락을 받았습니다. 담담하고 별로 슬프지 않았지요. 어쩌면 언니가 잘 죽었다고 생각했었겠지요.

언니는 나에게 면도칼을 주라고 했었어요.

몸을 조금도 움직이지 못했던 언니는 죽고 싶어도 죽을 힘마저 없었던 겁니다. 나도 그때 차라리 언니가 죽는 게 더 낫다고 생각했습니다. 그렇다고 언니를 돌보는 일이 귀찮다는 생각은 하지 않았어요.

무릎에 종기가 난 언니는 집으로 돌아왔습니다. 그 종기에서 고름이 계속 나오더니 나중에는 뼈가 다 드러났습니다. 고름에 모여드는 파리 떼들 때문에 어머니와 나는 계속해서 기저귀 천으로 닦고 상처 부위를 덮었습니다. 그게 다예요. 정말 처참한 모습이었습니다.

병원에 한번은 갔었지요. 그러나 돈은 없고 의학 수준도 미달이었으니 별도리가 없었겠지요. 그러니 상처 부위에 파리가 들어가 알을 낳지 않게 하는 게 최선이었습니다. 지금 생각해보니 언니는 아프다는 말 한마디 하지 않았었네요. 그러니 온전히 혼자서 처절하게 외로움과 고통에 시달리다가 언니는 저세상으로 갔습니다.

언니는 마을 뒷산에 평묘를 했어요. 지금은 찾을 수도 없네요.

나 또한 얼마나 삭막한 삶을 살았는지 언니의 고통을 알지 못했습니다. 죽음을 눈앞에 둔 언니에게 따뜻한 말 한마디! 하다못해 언니의 하소연도 제대로 들어주지 못했습니다. 그냥 죽음을 기다리고 있었다고 해야 할까요?

저는 어머니께서 중학교에 갈 수 있도록 해주신 것에

대하여 감사드립니다. 아버지의 무능력에 어려운 형편임에도 불구하고 중학교에 보내주었다는 겁니다. 그때 작은 오빠가 생활비를 보내준 덕택이기도 하였지만, 어머니가 못 한다고 하셨으면 가지 못했을 겁니다.

나는 ○애를 등에 업고 두 번이나 학교에 가서 입학금 연기 신청을 했더랬습니다. 학교에 다니는 내내 시험을 칠 수 없는 지경에까지 가곤 했지요.

어린 시절 어렵게 살아와서 그런지 누군가 나에게 따뜻한 말을 해주던지 고맙게 해주면 왠지 어색하더군요. 나 또한 다른 사람에게 따뜻한 말을 하기가 어렵더라구요.

저세상에서라도 어머니께서 마음의 빗장을 풀고 행복하셨으면 좋겠네요. 빗장을 여는 일이 그렇게 쉬운 일은 아니지만…….

오빠께서도 가난한 가족 때문에 어깨를 펴지 못하셨네요. 누가 뭐래도 오빠들은 최선을 다하시면서 살아오셨고 당당한 삶을 사신 거지요. 당당한 삶을 살게 된 뒤에는 착한 올케들의 힘이 컸겠지요.

저 또한 우리 남매를 위해 아무런 도움이 되지 못하지만 언제나 감사드립니다. 부끄럽지 않게 살아주는 우리 남매들에게…….

보내주신 글을 읽고 옛일이 주마등처럼 지나가더군요. 오빠 글을 이성으로 쓰시네요. 희로애락이 녹아드는 솔직한 감정이 없어요. 아는 분들은 느끼는 게 있겠지만,

모르는 분들은 재미가 없을 겁니다. 글에 생명을 불어넣어 주시면 훌륭한 글이 되겠어요.

                          언제나 감사하는 마음으로
                                    ○숙이가

   여동생은 고등학교도 졸업하지 못했다. 그만큼 가방끈이 짧다. 그런데도 장문의 편지를 막힘없이 썼다. 오자나 탈자도 보이지 않는다. 문맥 사이에 흐르는 여동생의 마음씨가 시냇물처럼 곱다. 착하고 순한 어머니의 유전자를 그대로 이어받은 듯 나보다 훨씬 더 훌륭하다.

여동생 숙에게

숙아,

네가 보낸 편지 잘 받았다. 그것이 한편 나를 기쁘게 한다.

네 편지를 읽으면서 네 언니에 대하여 모르고 있었던 이야기를 알게 되었고, 또 한편으로는 당시 네가 '얼마나 홀가분해졌을까?' 이런 생각도 했다.

너는 '어머니께서 아기가 생기는 대로 낳았더라면 …….'이라고 말했다. 그렇다. 네 말에도 일리는 있다. 그러나 당시 어머니의 입장은 전혀 달랐을 것이다. 그때, 아버지와 어머니 사이에 다툼이 자주 있었다. 이런 상황에서 5남매를 키우는 일이 어머니에게는 버거우셨을 것이다. 부득이 낙태 수술을 하셨는데 그게 돌아올 수 없는 강이 되고 말았다. 그때 너는 다섯 살이었다.

너는 네 언니에 관해서도 담담하게 털어놓았다. 50년 가까이 가슴 깊은 곳에 간직하고 있었던 것들을 훌훌 털어놓았다.

네 언니는 공부를 참 잘했었다. 당시에는 중학교도 입학시험을 보았었는데 둘째 오빠는 광주서중에, 셋째 언니는 전남여중에 입학했었다. 이들 학교는 광주에서 최고의 명문 중학교였다.

그러나 아버지께서는 네 언니에게까지 신경 쓸 형편이 못 되었다. 새어머니의 자녀가 둘이나 보태졌었기 때문이다.

이런 상황을 견딜 수 없었는지 네 언니는 가출하였고, 얼마 후 아버지의 손이 붙들려 돌아왔다. 그날 밤, '어린 여자애가 어디서 무엇을 하며 지냈을까?' 염려하기보다 아버지께서는 '다리를 부러뜨린다.'라고 분개하셨다. 무지막지한 아버지의 행태를 너도 보았을 것이다. 그때 나는 가슴만 졸일 뿐 아무런 조치도 못 했었다. 실로 소심하고 무능했었다.

네 언니는 장기간 결석으로 퇴학 조치가 이루어진 상태였기에 학교에 돌아갈 수 없었다. 그런데 어머니를 닮은 네 언니는 세상을 헤쳐나가는 요령도 좋았다. 그것이 두 번째 가출의 원인이었다고 짐작한다.

"오빠 용서해줘."

네 언니가 보낸 편지였다. 국방의 의무를 수행하고 있을 때, 네 언니가 병을 얻어 돌아왔다는 소식을 듣고 얼마 후였다.

'내가 무엇을 용서한단 말이냐?'

'어떻게 용서하란 말이냐?'

보초를 서면서 이런 생각을 했다. 휘영청 밝은 달을

바라보며 이렇게 되뇌기만 했었다. 어찌하지 못하고 있는데, '세상을 떠났다.'라는 소식을 들었다.

무릎에서 흐르는 고름을 닦아냈다는 이야기, 살이 썩어들었고 나중에 뼈가 보였다는 이야기, 파리가 알을 까지 못하게 기저귀 천으로 상처를 덮어만 주었을 뿐 다른 조치도 할 수 없었다는 이야기, 언니는 움직일 힘도 없었다는 이야기 등을 읽는 순간 눈물이 복받쳐 올랐다.
언니가 '면도칼을 달라.'고 했다는 이야기에서는 가슴이 섬뜩해지고, 언니의 하소연을 들어주지 못했다고 후회하는 부분에서는 나도 가슴을 쳤다. '용서한다.'라는 답장 하나 보내지 못한 그것이 부끄러워 고개를 들 수 없었다.

너도 마찬가지였겠지만 네 언니는 고통을 호소하거나 속마음을 털어놓을 가족이 없었다. 어머니는 이미 세상을 등졌고, 아버지는 다리를 부러뜨린다고 하셨으니, 의지할 사람이 있다면 큰오빠인 나뿐이었을 것이다. 그 오빠마저 모르는 척했으니 얼마나 야속했을까? '오빠가 나를 용서하지 않는다.'며 원망했다는 그 말이 송곳처럼 파고든다. 가슴이 터질 것만 같았다.

더욱 안타까운 것은 '덕아, 미안하다. 그리고 용서한다. 부디 좋은 곳으로 가라.' 이런 말로 위로해보지만, 돌아오는 메아리는 없다. 때늦은 후회일 뿐이었다.

숙아,

부디 건강해라. 혈액암의 발병으로 수년 동안 죽음의 문턱을 넘나들었던 네가 지금까지 살아 있으니 천만다행이다. 너에게 이런 편지도 보낼 수 있고, 너로부터 답장도 받을 수 있으니 그렇다.

아울러 문 서방을 위해서 정성을 다해라. 네 언니의 경우처럼 죽은 다음에는 가슴을 쳐도 소용없으니, 살아 있을 때 그렇게 해라. 수고하는 너의 하루하루가 행복하기를 빈다.

2016년 5월 일
한없이 못난 오빠가

고병균의 『수필. 임진왜란 上』출판 기념 행사

고병균 발간사

고병균의 발간사는 두 가지다.
먼저는 작가 본인의 수필집 발간사가 5편이 있다.

다음은 동아리 문집을 발간할 때
회장으로서 쓴 발간사가 있다.
효령문학동인회 회원 문집 '효령문학'의 발간사 5편
동산문학작가회 회원 문집 '동산문단'의 발간사 2편
그것들을 원문 그대로 소개한다.

우리가 맺은 열매, '효령 문학'

효령노인복지타운에서 만난 우리는 글쓰기에 목마른 사람이었습니다. 그래서 사회교육 프로그램으로 글짓기반의 개설을 요청했습니다. 그러나 받아들여지지 아니하였습니다.

하는 수 없이 우리끼리라도 만나자는 의견에 따라 2016년 6월 효령문학동인회가 결성되었습니다.

우리는 좋은 작품을 만들어내기 위해 매월 정기적으로 만남의 시간을 얻었습니다. 일반 식당에서 만나기도 하고 우두둑 알밤이 떨어지는 계절에는 타운의 뒷산, 등산로 주변 쉼터에서도 만났습니다. 그러면서 작품을 발표하고, 좋은 시나 수필이란 어떤 것인지 생각해보기도 했습니다.

이렇게 하는 동안, 우리의 의식이 달라졌습니다. 세상을 바라보는 시각이 새로워졌고, 새로운 변화를 추구하게 되었으며, 새로운 가치를 창출하는 글쓰기 능력도 일취월장 발전했습니다.

그 결과 회원 개인적인 문학의 열매를 많이 거두었습

니다. 문단에 등단한 분도 있고, 각종 백일장에 참가하여 우수한 성적으로 상을 받은 분도 있으며, 오랜 세월 문학에 정진한 공적을 인정받아 문학상을 수상한 분도 있습니다. 이분들에게 뜨거운 박수를 보냅니다.

그런가 하면 공동으로 거둔 열매도 있습니다. 먼저는 시화전시회를 개최한 일이요, 또 하나는 이번에 내놓은 회원의 문집 《효령문학》 창간호가 그것입니다.

여기에 실린 작품에는 회원들의 삶이 그대로 녹아 있습니다. 어디에서 살았었고, 무엇을 하며 살았는지 그 진솔한 삶이 적나라하게 표현되어 있습니다.

작품 중에 주옥과도 같은 글귀를 만나는 경우가 있는데, 그럴 때는 밤잠을 설쳐가며 작품 활동에 매진한 회원이 존경스럽고 반짝반짝 빛나는 보석처럼 느껴집니다. 이런 여러분과 만난 것이 나에게는 행운 중 행운입니다.

감사드리며 《효령문학》 창간호의 발간을 축하하며 발간사로 갈음합니다.

2018년 9월   일

우리에게 일어난 기이한 일

참 기이한 일이었습니다. 지난 10월 26일 대동문화재
단이 주최한 인문주간 축제 행사에서의 일입니다.

우리 회에서는 4명이 참석했습니다. 4명은 시화를 걸
때에도 식당에서 밥을 먹을 때에도 편집회의를 할 때도
부족하지도 않고 과하지도 않은 숫자였습니다.

우리 회원이 11명이지만 이 중에서 '영남 님'과 '대자
님' 두 분이 참여했습니다. 우리 부스 옆을 지나가던 사
람 중에 이 두 분과 반갑게 인사를 나누는 경우가 많았
습니다. 그럴 때는 우리 작품을 소개했습니다. 손님을 불
러들이는 일이 자연스럽게 이루어진 것입니다.

우리가 전시한 것은 시화입니다. 그것을 파라솔 끝에
걸었는데 모두 16점이었습니다. 준비해온 시화는 장영남
1점, 고병균 3점, 김순정 3점, 김정태 4점, 김대자 5점
어쩌면 그렇게 딱 맞았는지 모릅니다.

우리 말고도 시화를 준비한 곳이 두 군데 있었습니다.
한 군데는 하얀 종이로 만들었는데 베니어판 같은 것을
세워놓고 거기에 사화를 붙였습니다. 다른 한 군데는 스
티로폼을 사용하여 만들었으며, 이젤 위에 올려놓았습니

다. 이들의 시화는 일회용이었습니다.

우리 것은 현수막 천으로 만든 것이기에 본부에서 제공한 파라솔에 걸었습니다. 옷핀 2개만 있으면 됩니다. 장비가 간단해서 좋았고, 그 규격이 가로 45㎝ 세로 90㎝로 일정해서 파라솔의 살과 살 사이에 걸면 안성맞춤이었습니다.

이런 일 모두가 우리에게는 기이한 일이었습니다.

기이한 일은 또 있습니다. 그것은 《효령문학》 제2호를 발간한 일입니다. 지난해 우리는 《효령문학》 창간호를 발간했습니다. 다소 힘이 들어서 그랬는지 제2호의 발간을 뒤로 미루었습니다. 그런데 우연히도 대동문화재단으로부터 지원금을 받았습니다. 그 엄청난 혜택에 힘입어 책을 만들었으니 이것 또한 기이한 일입니다.

바라기는 《효령문학》 제2호에 수록된 작품에서 독자들의 가슴을 울리는 감동이 메아리치기를 원합니다. 여운이 길게 남기를 소망하며 발간사로 가름합니다.

2019년 11월 일

우리가 추구하는 것

　우리가 추구하는 것은 아름다운 문장입니다. 어느 작가는 '아름다운 문장'을 '꾸미지 않으면서 나타내고자 하는 진실을 간결하게 그리고 부드럽게 또는 함축적으로 표현한 문장'이라고 하면서 거기에 '나만의 느낌, 나만의 표현이 보석처럼 박혀 있는 문장'이라고 정의했습니다.

　문장에서 '꾸민다'는 말은 미사여구를 많이 사용하는 것을 말합니다. 문학에서는 미사여구를 허용하고 있습니다. 그러나 '군더더기가 될 정도로 많이 사용하는 것은 경계하라.'라는 말입니다.

　문장을 '간결하게' 표현하는 것은 수식어를 여러 번 겹치기로 사용하거나 주어와 서술어가 복잡하게 얽히는 문장을 지적한 말입니다.

　'부드럽게 표현하라.'라는 말은 강하고 거친 말을 사용하기보다 설득력 있는 말을 사용하라는 것이요, '함축적으로 표현하라.'라는 말은 작가의 생각이나 감정을 설명하거나 강요하지 말고, 상황을 묘사하여 독자의 공감을 얻도록 은근하게 표현하라는 뜻입니다.

특별히 문학 작품에는 '나만의 느낌', '나만의 표현'이 들어 있어야 한다는 것입니다. 그것을 '보석'이라고 말했습니다.

이런 의미에서 효령문학동인회는 아름다운 문장의 구현을 추구합니다. 이번에 발간하는 《효령문학》 제3호에는 그런 내용의 글이 많이 있습니다.

그러나 뜻하지 않은 코로나의 횡포로 효령노인복지타운이 일시 문을 닫았고, 덩달아 우리 문학회도 당초에 계획했던 사업을 제대로 시행할 수 없었습니다. 정기 모임 및 작품발표회를 제대로 시행할 수 없었고, 매년 시행해온 문학기행과 시화 전시회를 취소했습니다. 그런데도 우리 회원들께서는 좋은 작품을 만들기 위해 밤을 하얗게 지새우기도 했습니다.

이렇게 수고한 회원 여러분에게 감사드립니다.

따뜻한 말로 축하해주신 효령노인복지타운 김운기 본부장님에게도 감사드립니다.

끝으로 《효령문학》 제3호에 수록된 작품이 독자들의 가슴을 울리고, 그 여운이 효령동 깊은 골짜기로 길게 메아리치기를 소망하며 발간사로 가름합니다.

2020년 9월   일

하고 싶은 말

　나에게는 하고 싶은 말이 많다.

　우선 가족에게 하고 싶은 말이 있으나, 그것을 다 표현할 수 없다. 그랬다가는 쫓겨나기에 십상이다. 세상을 향해서 하고 싶은 말도 있다. 그러나 나의 말에 귀 기울여 주는 사람은 없다. 이런 상황인데도 나의 가슴에서는 하고 싶은 말이 옹달샘의 샘물처럼 뽕뽕 솟아난다.

　그 욕구를 충족시키려면 어떻게 해야 할까? 교회의 성가대에 참가하는 것, 참 멋지다. 색소폰이나 트럼펫과 같은 악기 연주하는 친구들을 보면 참 멋지다. 그림을 그리거나 붓글씨는 쓰는 사람을 보면 놀라움을 금할 수 없다. 사진 찍으러 다니는 것도 참 좋다. 효령노인복지타운에서 율동을 배우기도 했다. 땀을 뻘뻘 흘리며 몸을 움직이면 흥이 폭발하는 듯 기분이 좋다. 내 주변에는 봉사활동을 무려 2만 시간이나 달성한 친구가 있다.

　취미생활이 다양하지만 이런 일들로는 내가 하고 싶은 말을 제대로 구사할 수는 없었다.

　초등교육에 몸담았던 사람으로 교육에 관해 말하지 않을 수 없다. 유치원 교육이 중요하고, 중. 고등학교 교육도 중요하고 대학교육도 중요하다. 그렇지만 나의 경험한 바로는 초등학교의 교육이 가장 중요하다.

내가 초등학교에서 교장으로 근무할 때 '학교, 아이들이 행복한 세상' 이런 구호를 내걸었다. 초등학교에 재학 중인 아이들에게는 대한민국의 건강한 국민으로 자라야 한다는 목표를 제시했었고, 선생님들에게는 나라와 고장의 발전에 공헌하는 유능한 인물로 키우자고 누누이 강조했었다.

퇴직 이후로는 그것마저도 구사할 수 없다. 이런 상황에서 나의 욕구를 충족하게 해준 것이 있었으니 그것은 우연히 익힌 글짓기였다.

나는 주로 수필을 쓴다. 가족을 향해 하고 싶은 말이건 세상을 향해서 하고 싶은 말이건 그것을 수필로 그려낸다. 내가 살아왔던 길을 되새김하기도 하고, 은혜를 베푼 사람들에 대하여 감사의 마음을 표현하기도 한다. 다분히 소소한 이야기들이지만 그것을 문학적으로 풀어낸다.

이번에 발간한 《효령문학》 제4호에는 작고한 회원을 포함해서 9명의 회원 작품이 실렸다.

이분들의 작품을 읽어보면 코로나가 기승을 부리는 똑같은 세상이지만 새로운 가치를 창출하고 있다. 그 맛을 느끼기를 바라며 문집을 발간한다.

2021년 9월   일

우리 말 우리글 아름답게 아름답게

　반가운 소식이 날아들었다. 지난해 10월 1일부터 4일까지 태국 방콕에서 열린 제2회 세계문자올림픽대회에서 한글이 금메달을 획득했다는 소식이다.

　세계문자올림픽대회는 쓰기 쉽고, 배우기 쉽고, 다양한 소리를 표현할 수 있는 문자를 찾아내기 위한 대회이다. 이 대회에 참가하여 경합을 벌인 나라는 모두 27개국 그 것을 가나다 순으로 나열하면 구자라티, 그리스, 남아공, 독일, 대한민국, 러시아, 말라시, 말라야람, 몰디브, 뱅갈리, 베트남, 불가리아, 셀비아, 스페인, 아이슬란드, 에티오피아, 영어, 오리아, 우간다. 우크라이나, 울드, 인도, 캐나다. 터키, 포르투갈, 폴란드, 푼자비 등의 문자이다.
　여기에 한글을 말살하려 했던 일본의 '가나'는 없다. 13억 인구가 사용하는 중국의 '한자漢字'도 없다. 영국이나 미국은 영어로 참가했다.

　참가국의 학자들은 문자의 기원, 문자의 구조와 유형, 글자의 수, 글자의 결합 능력, 문자의 독립성 및 독자성,

문자의 실용성, 문자의 응용과 개발성 등 7가지의 심사 기준에 따라 자국 문자의 우수성을 발표했는데, 대한민국의 소리 문자가 대망의 1위를 차지했다. 이어서 인도의 텔루구 문자가 2위, 영어의 알파벳이 3위를 차지했다.

대회의 마지막 날, '방콕선언문'을 발표했다. 그 선언문은 유네스코와 인구 100만 명 이상인 국가에 전달한다. 참가한 학자들은 자국의 대학에 한국어 전문학과나 혹은 한국어 교육 단기반을 설치하겠다고 했다.

한글은 16개국의 문자가 참가한 2009년 제1회 대회에서도 금메달을 획득했었고, 이어서 제2회 대회에서도 금메달을 획득함으로써 그 우수성이 두 번이나 입증되었다.

한글을 문화유산으로 물려받은 대한민국의 국민으로서 자부심이 느껴진다. 이와 함께 대한민국 국민으로서 우리가 할 일이 무엇일까? 그것은 우리 말 우리글을 아름답게 사용하는 것이다.

효령문학동인회는 그 소중한 임무를 수행하기 위하여 노력해왔다. 매월 작품발표회를 진행해왔으며, 5월에는 무안으로 문학 나들이를 다녀왔고, 9월에는 제7회 시화 전시회를 개최하였다. 그리고 이번에 회원 문집 《효령문학》 제5호를 발간한다. 이 사업이 순조롭게 진행되도록 협조한 회원 여러분에게 감사하며 건필을 빈다.

2022년 10월 6일

쉬운 글쓰기 운동의 전개

　동산문학 작가회 제6대 회장 고병균은 2023년 임기 2년을 시작하면서 쉬운 글쓰기 운동을 천명闡明했습니다. 우리가 만들어낸 문학 작품은 대입 수능시험에 나오는 글이 아닙니다. 반드시 읽어야 할 필독 도서도 아닙니다. 따라서 우리가 만들어내는 시나 수필은 쉬운 글이어야 합니다. 보기에 쉽게 쓴 글, 이해하기에 쉽게 쓴 글, 읽기 쉽게 쓴 글이어야 합니다.

　어떤 선배 문인은 우리에게 '좋은 글을 쓰라.'라고 강조합니다. 맞습니다. 나도 좋은 글을 쓰고 싶습니다. 그 마음이 간절합니다. 그런데 어떤 글이 좋은 글일까? 이 질문에 명확하게 대답할 수 없습니다.

　어떤 글은 끝까지 읽어집니다. 반대로 어떤 글은 금방 싫증이 납니다. 이 중 전자의 글을 나는 '좋은 글'이라고, '쉬운 글'이라고 말하고 싶습니다.

　우리 작가회 회원 166명이나 됩니다. 이 중 시 분과 회원이 104명(63%)으로 가장 많고, 수필 분과 회원이 53명(32%)으로 다음을 차지합니다. 이런 상황에 따라 '쉬운 글 (시 수필)쓰기 운동'이라 명명하고 실천했습니다.

금년에는 쉬운 글쓰기 운동을 성실하게 실천했다고 여겨지는 작품을 선정하여 발표했습니다. 계간 《동산문학》 제45호, 제46호, 제47호 등 3회에 걸쳐 우수 작품을 선정하였고, 해당 회원의 작품을 특집으로 꾸몄습니다.

쉬운 글쓰기 운동은 2024년에도 전개할 것입니다. 회원의 문학 활동을 장려하고, 작품의 질적 수준을 높이기 위해 실천할 것입니다. 독자들이 즐겨 읽은 좋은 작품이 하나둘 발표되기 바라며 실천할 것입니다.

회원의 문집 《동산문단》 제8호가 출간되었습니다. 밤잠을 설쳐가며 글쓰기에 매진한 회원들에게 감사합니다. 책이 만들어지기까지 작품을 모으고 편집하고 교정하고 사진을 찾아내는 등 이름도 없이 빛도 없이 수고한 분들에게 감사합니다.
좋은 열매를 풍성하게 거두며 한 해를 마무리하게 된 것 감사하며 발간사로 가름합니다.

2023년 11월 일

독자의 공감을 얻는 작품

어떤 작품이 좋은 작품일까? 몇몇 회원에게 문의한바 '독자의 공감을 얻는 작품'이라고 응답한다. 이구동성으로 그런다. 그 말이 맞다. 문학인이라면 누구나 독자의 공감을 얻고 싶어 한다. 그런 작품을 만들어내고 싶어 한다.

『하버드 글쓰기 강의』의 저자 바버라 베이그 교수는 글쓰기에 필요한 능력으로 두 가지를 강조한다.

첫째는 좋은 글감을 선택하는 능력이다.

가난을 극복하여 부를 일궈낸 이야기, 잡부로 입사하여 기능장에 오른 이야기, 지극한 마음으로 세상을 사랑한 이야기 등은 독자에게 감동을 준다.

그런데 글감을 선택하는 능력은 배울 수 없다. 가르쳐 줄 수도 없다. 스스로 터득해야 한다.

작가회에서는 글감 선택하는 능력을 갖추도록 체험의 기회를 제공한다. 문학기행이나 회원 간담회 등이 그것이다.

둘째는 선택한 글감을 문장으로 표현하는 능력이다.

아무리 좋은 글감이라 해도 읽기 싫은 작품이 있다. 어려운 한자나 외국어가 많이 섞여 있는 작품, 사투리나 전문용어, 은어 등이 난무한 작품 등은 읽기 싫다. 주어와 서술어가 호응하지 않는 문장, 아름답게 보이려고 수식어를 남발한 문장, 엉뚱한 비유가 있는 문장 등도 읽기 싫다. 문장이 자연스럽게 읽히지 않으면 독자는 책을 내려놓고 만다.

작가는 이런 점을 감안하여 작품을 만들어야 한다. 표준어 사용하기, 문법에 완벽한 문장 만들기, 운율이 느껴지는 문장 만들기 등 표현 기법을 효과적으로 사용할 수 있게 배워야 한다. 여러 가지 방법이 있는데 가장 좋은 방법은 교육을 통해 개념을 이해하고 실습을 통해 몸으로 익히는 것이다.

이런 의미에서 작가회는 회원에게 배움의 기회를 제공해야 한다. 그것이 실현되기를 희망한다.

아울러 《동산문단》 제9호에 독자의 공감을 얻는 작품이 다수 수록되기를 바라며 발간사를 마친다.

2024년 11월   일

동산작가문학상 산문 부문 대상 수상(2022년)

부록

—

작가 고병균 소개

고병균은 누구인가? 출생, 학력과 경력 등을 소개한다.
주인 앞에 나아가 회계하는 종의 마음이 되어 소개한다.
그 과정에서 두 가지 사실을 깨달았다.
하나님께서 나에게 많은 것을 주셨다는 사실과
어린 시절 그 재능을 제대로 갈고닦지 아니하였다는 사실이다.

그것이 부끄럽다.
'악하고 게으른 종'이라고 꾸중할 것만 같다.
남은 생애라도 독자가 공감하는 작품이 만들어지도록
힘써 노력하리라 다짐하며 소개한다.

출생과 학력

고병균高秉均은 1946년 2월 3일에 태어났다.

지금은 서기를 사용하지만 내가 태어났을 때는 단기를 사용했다. 예수님이 태어난 해를 기원으로 하는 서기는 단군 할아버지가 고조선을 건국한 해를 기원으로 하는 단기보다 2333년이 늦다. 나의 생년 서기 1946년은 단기 4279년이다.

나의 생일 2월 3일은 지구의 공전주기로 한 달을 정하는 양력이다. 달의 공전주기로 한 달을 정하는 음력도 있다. 나의 음력 생일은 정월 초이튿날이다. 누가 생일을 물으면 '설 다음 날'이라고 답한다.

고병균은 아버지 고영묵과 어머니 박필순 사이의 자녀 3남 2녀 중 장남이다. 임진왜란 당시 7천 의병을 이끌고 금산 전투에 참전하여 순국하신 의병장 고경명의 16대손이고, 그 아버지와 함께 목이 잘린 채 순국한 둘째 아들 고인후의 15대손이다. 태생지는 전라남도 장흥군 장흥읍 평화마을이다.

아버지는 현재 내 나이와 비슷한 78세에 돌아가셨고, 어머니는 32세의 젊디젊은 나이에 우리 곁을 떠나셨다. 그 사연을 수필 '나의 어머니 세 분'에서 소개하고 있다.

고병균의 학력은 초등학교에 입학한 여덟 살 때부터 시작된다. 졸업 증서에 기록된 날짜를 기준으로 진술한다.

* 단기 4292년 3월 25일 광주서석초등학교 제49회 졸업 (서기 1959년)
* 서기 1962년 2월 7일 광주사범대학 부속중학교 제6회 졸업
  그해 고등학교 입학시험은 한 번뿐이었는데 입학시험에서 떨어졌다. 한 해 동안 허송세월했다.
* 1966년 1월 20일 광주고등학교 제15회 졸업
* 1968년 8월 20일 광주교육대학 제6회 졸업(국민학교 2급 정교사)
  재학 중 수업료를 제때 내지 못한 우를 범했다. 그것 때문에 졸업이 6개월 늦어졌고, 교사로 발령받은 것도 3년이나 늦었으며, 교사로 근무하는 중에 입은 금전적 손해도 30년 동안 감수해야 했다.

입대 통지서가 나왔다. 1968년 3월 7일 31보병 사단에 입대하여 훈련을 받았고, 제7사단 637 포병대대 제2포대에서 야전 포병으로 복무하고 1971년 1월 26일 전역했다. 그 당시 김신조 일당이 넘어온 관계로 복무 기간이

무려 35개월이나 된다.

637포병 대대에서 근무할 때 동생이 배치됐다. 우리 형제는 한 달에 한 번씩 본부대대에서 실시하는 훈련에 참여했다. 나는 2포대 계산병으로, 동생은 1포대 계산병으로 참가했는데, 자연스럽게 경쟁하는 관계가 형성되었다. 그러는 우리 형제를 보고는 똑같다고 말했다. 체형이 비슷하다는 말은 물론 눈을 깜박거리는 것도 같다고 했다. 1년 6개월 정도 그렇게 복무했다. 이때가 초등학교 이후 동생과 가장 자주 만난 시기였다.

이후 초등학교에서 교사로 근무하면서 학업을 이어 갔다. 방학을 반납하며 공부했었는데, 이때가 내 인생에서 가장 열심히 공부했던 시기였다.

특히 유아교육은 수업 기술 개발에 크게 도움이 되었다. 수학 시간에도 내가 수업한 교실에서는 생기가 넘쳤다. 교감으로 승진하여 떠날 때 내가 담임했던 5학년 학생 중에 눈물을 흘리며 우는 아이가 있었다. 1년을 마치지 못하고 떠난 것이 못내 아쉽고 아이들에게 미안하다.

* 1987년 2월 27일 한국방송통신대학교 초등교육과 3년 졸업(교육학사)
* 1991년 2월 28일 한국방송통신대학교 유아교육과 2년 졸업(유치원 2급 정교사)
* 1996년 2월 22일 한국교원대학교 대학원 초등컴퓨터 교육과 2년 졸업(교육학 석사)

■ 교원 자격증 취득

* 1968년 8월 20일 국민학교 2급 정교사(본17075)
* 1975년 9월 25일 초등학교 1급 정교사(본12029)
* 1999년 6월 11일 초등학교 교감(바 제3125호)
* 2004년 10월 14일 초등학교 교장(바 제2159호)
* 1991년 2월 28일 유치원 2급 정교사(방송 제2658호)

■ 컴퓨터 관련 자격증 취득
* 1991년 12월 30일 정보처리 기능사 2급
* 1994년 8월 14일 워드프로세서 2급
* 1996년 10월 26일 정보처리기사

경력

고병균의 경력은 교육 관련 경력을 비롯하여 신앙 관련 경력, 문학 관련 경력 등으로 구분한다.

고병균의 교육 경력은 37년이다. 초등학교 교사로 발령받은 1971년 이후 시작된다. 지금 생각해보아도 초등학교 교사는 나에게 천직이었다. 아무리 힘들어도 불평하지 않았다. 아무리 까다로운 학부모도 내가 맡은 학급에서는 말썽을 일으키지 아니하였다. 그것이 감사하다.

교사로 근무하던 1971년 장흥군 부산면 강씨 집안의 규수를 아내로 맞이하여 가정을 이루었다. 아내는 딸 둘 아들 하나를 낳아 훌륭하게 길러냈다
첫째 딸은 1978년 생으로 경기도 안산시청 지방직 공무원이다. 박씨 가문의 총각과 결혼하여 딸 하나를 기르고 있다.
둘째 딸은 1981년생으로 서울특별시 금천구청 지방직 공무원이다. 노씨 가문의 총각과 결혼하여 아들 하나 딸 하나를 두고 있다.

아들은 1982년생으로 전주예수병원 전공의로 공부하고 있다. 이씨 가문의 규수와 결혼하여 딸 하나 두고 있다.

현재 아내는 효령노인복지타운에서 서예를 배우기도 하고 탁구도 치면서 노후를 즐기고 있다.

교감으로 근무할 때는 교직원과 학부모가 매주 만나 배구를 하는 등 찰떡궁합으로 지냈으며, 교장으로 근무할 때는 교육과장으로부터 '교장 선생님께서 오신 뒤로 학교의 민원이 사라졌습니다.' 이런 말을 듣기도 했다.

초등학교에서 생활한 37년은 나에게 행복 그 자체였다.

* 1971년 3월 1일 장흥군 안양동초등학교 발령(교사 5년 근무)
* 1976년 3월 1일 장흥군 장흥초등학교(교사 1년 근무)
* 1977년 3월 1일 장흥군 장평초등학교(교사 4년 근무)
  이 학교에서 근무할 때 아내를 맞이했다.
  이 학교에서 근무할 때 교회에 나가기 시작했다.
* 1982년 3월 1일 장흥군 장평초등학교(교사 2년 근무)
* 1984년 3월 1일 화순군 북면동국민학교(교사 3년 근무)
* 1987년 3월 1일 화순군 이양국민학교(교사 2년 근무)
* 1989년 3월 1일 화순군 한천동국민학교(교사 3년 근무)
* 1992년 3월 1일 화순군 춘양국민학교(교사 2년 근무)
* 1994년 3월 1일 담양군 담양동국민학교(담양교육청 파견 근무 1년)
  교육청에서 파견 근무하는 동안 교육 행정에 관해 많

은 것은 배웠는데, 그것은 교감의 임무를 수행하는 데
크게 도움이 되었다. 이런 관점에서 교사도 교육청에
서 1년 이상 근무할 필요가 있다고 생각된다.

* 1995년 3월 1일 담양군 창평국민학교(교사 3년 근무)
* 1998년 3월 1일 담양군 무정동초등학교(교사 1년 근무)
* 1999년 3월 1일 장흥군 관산동초등학교(교사 1년 근무)
* 2000년 3월 1일 장흥군 회진초등학교(교사 6월 근무)
* 2000년 9월 1일 순천시 낙안초등학교(교감 1년 6월 근무)
  학교 체육관 건립비 8억 확정
  급성 심근경색 발병
* 2002년 3월 1일 장성군 진원초등학교(교감 3년 근무)
* 2005년 3월 1일 장흥군 회진초등학교(교장 3년 근무)
  학교 공과금 100% 완납
  수필가로 등단. 공무원 문학 2006년 가을호
  학교 교사 전면 개축 및 재배치 사업비 32억 원 확정.
* 2008년 2월 29일 정년퇴직(황조근정훈장)
  퇴직할 때 '평화'라는 호를 얻었다. 당시 박 교감 선생
  님이 나의 고향 마을 이름을 따서 지었다.

  고병균의 신앙생활은 1981년 8월 장흥군 장평면에 소
재한 장평교회에 등록한 이후 시작되었다.
  이때는 나의 가정에 귀신들이 득시글거렸다. 아이들이
아프면 아내는 광주에 있는 병원으로 데려간다. 너무 자
주 아프니까 장모님께서 아내를 데리고 점쟁이를 찾아갔
다. 그럴 때마다 귀신이 나왔다. 듣도 보도 못한 귀신이
수도 없이 나타났다.

에라 모르겠다. 귀신을 믿으려면 최고의 귀신을 믿자. 이렇게 생각하고 교회를 찾아갔다. 그 이후 우리 가정에 불어대던 찬바람이 수그러들었고, 아이들도 아프지 않게 되었다. 참으로 신통했다.

귀신이 있으면 그곳에 분란이 일어난다. 그러나 하나님이 계시면 극소에는 평화가 깃든다. 만약 어떤 조직이나 단체에서 분란을 일으키는 자가 있다면 거기에는 귀신에 씐 자가 있다. 이게 내가 경험한 귀신과 하나님의 다른 점이다.

근무하는 학교를 옮김에 따라 교회도 옮겨졌다.

* 1981년 8월 장흥군 장평면 장평교회 등록(교인으로 등록)
* 1984년 3월 화순군 북면 송단교회 이전(세례교인)
* 1987년 3월 광주 동광교회 이전
  1991년 4월 안수집사 임직
  2011년 4월 장로 임직
* 2013년 1월 광주서광교회 이전(은퇴장로)

동광교회(담임 남○○ 목사)에 다닐 때 신앙심이 급성장했다. 목사님의 설교를 듣는 중에 '초등학교 교사가 된 것이 참으로 다행이다.' 이렇게 느꼈다. 그런 느낌이 빈번하게 찾아왔다. 그러면 나에게서 '아멘!' 하는 말이 터져 나왔다. 이런 나를 교인들은 '아멘 집사'라고 불렀다. 또 교회학교 중고등부 교사로 활동하고, 나중에는 연합회 임원으로 참여했는데, 성경퀴즈대회를 나에게 맡겼다.

그 과정에서 신앙심이 더 깊어졌다.

　작가 고병균의 문학 관련 경력은 수필가로 등단한 20
06년부터 시작된다. 문학적 감성이 무디다고 생각하여
수필로 등단하였고, 수필을 꾸준히 써오다가 2016년에
시로 등단했다.
　'세상에 이런 일이 나에게 일어나다니?' 수필을 쓰고
시를 쓰고 하는 중에 불쑥불쑥 이런 느낌이 왔다. 그러
면 가슴이 뭉클해지고 눈시울이 뜨거워졌다.
　나에게 글 쓰는 시간은 감사하는 시간이요, 감격하는
시간이다. 이렇게 고백하지 않을 수 없다.

■ 등단
- 계간 《공무원문학》 200년 가을호(등단작 수필 「세상
　에 이런 일이」)
- 월간 「한비문학」 2015년 5월호(등단작 수필 「딸의 전화」)
- 계간 「동산문학」 2016년 가을호(등단작 시 「못난이
　고구마」 외)

■ 문학 연수 실적
- 빛고을노인건강타운 자서전 쓰기 교실
- 전남대학교 수필문학 교실
- 서은문학회 연구소 문학 교실

■ 문학 활동
- 공무원문학 회원(2000년 이후)

- 한비문학 회원(2015년 이후)
- 효령문학 동인회 창립 회원(2016년, 회장 5년 역임)
- 동산문학작가회(2016년 입회 이후 사무국장 4년, 회장 2년 역임)
- 광주문인협회(2015년 입회 이후 이사 6년 역임)
- 광주수필문학회 회원, 장흥문인협회 회원, 은가비문학회 회원
- 한새봉문학회 지도 위원

■ 문학 강의(강좌명 : 마음을 여는 수필 쓰기 교실)
- 광주 북구 일곡도서관 문화강좌(2018~2022)
- 실습용 강의 교재 개발 총 8권
- 롯데마트 문화센터 수필쓰기 교실(2022~2023)

■ 고병균 수필집 발간
- 『학교, 아이들이 행복한 세상 1』. 2015년 도서출판 해동 문병란 교수님을 만난 이후 문학에 대한 실눈을 떴고, 칠순 기념 수필집도 발간할 수 있었다.
- 『소록도 탐방기』. 2016년 도서출판 해동
- 『학교, 아이들이 행복한 세상 2』. 2017년 동산문학사
- 『연자시, 가족 사랑 이야기』. 2020년 동산문학사
- 『수필, 임진왜란 上』. 2024년 동산문학사

- 『세상에 이런 일이』. 2025년 발간 예정
- 『수필, 임진왜란 下』. 2026년 발간 예정

■ 문학 동아리 문집 발간 및 참여
- 효령문학동인회 문집 《효령문학》 발간 및 참여
  (창간호~제7호)
- 길 문학회 문집 《길》 참여(제16집~제25집)
- 동산문학작가회 문집 《동산문단》 발간 및 참여(제3~제9호)
- 은가비문학회 문집 《은가비》 참여(창간호~제7호)
- 장흥문인협회 문집 《장흥문학》 참여(제3호~제7호)
- 한새봉문학회 문집 《한새봉문학》 지도(창간호~제7호)

■ 시화전시회 추진 및 참여
- 효령문학동인회 시화전시회 추진 및 참여(제1회~제8회)
- 동산문학작가회 시화 전시회 추진(제1회)
- 광주문인협회 시화 전시회 참여(3회)
- 장흥문인협회 시화 전시회 참여(1회)

문학 활동을 하던 중 '청심淸心'이란 필명을 얻었다. 효령문학동인회 회원인 수필가 김대자 목사님께서 지어준 이름이다. '마음이 청결한 자는 복이 있나니' 하는 성경 말씀에 근거하여 지은 듯하다.

문학은 나의 삶을 되돌아보게 했다. 수필을 쓰면서 지난 삶을 정리하였고, 시를 쓰면서 현재의 삶을 노래하고 있다. 이런 문학 활동이 나에게 삶의 보람을 안겨준다. 노년을 삶을 아름답게 장식한다.

수상 실적

고병균의 수상 실적도 소개한다. 교육 관련 수상, 신앙 관련 수상, 문학 관련 수상 등으로 구분하여 소개한다.

내놓을 만큼 자랑스러운 상은 아니지만, 하나님 앞에 회계하는 종의 마음으로 소개한다.

고병균의 수상 실적은 1987년 이후 폭발적으로 증가한다. 왜 그랬을까? 수필 '장모님의 유산'에서 자세하게 소개하고 있다.

■ **교육 관련 수상 실적**
* 1977.07.08. 교원과학실기대회 우수상(3191) 장흥군 교육청
* 1987.09.12. 현장교육연구대회 3등급(87-672) 전라남도 교육회장
* 1988.09.16. 현장교육연구대회 2등급(88-282) 전라남도 교육회장
* 1989.09.21. 현장교육연구대회 1등급(89-729) 전라남

도 교육회장

* 1991.09.27. 제9회 PC경진내회 동상(5021) 전라남도 교육감
* 1991.12.28. 전통문화계승연구대회 2등급(12293) 전남 교육감
* 1992.12.27. 제36회 전국현장교육연구대회 수학 2등급(47996) 한국교원단체총연합회장
* 1993.09.06. 제10회 PC경진내회 은상(3657) 전라남도 교육감
* 1993.11.27. 컴퓨터연수과정 우수상(137) 전라남도 과학교육원장
* 1993.12.15. 제2회 전국 교육용S/W공모전 동상(1115) 전라남도 교육감
* 1994.12.17. 기초과학교육유공교원연구논문발표대회 3등급(7310) 전라남도 교육회장
* 1996.04.30. 교육개혁과제 실천사례 발표대회 2등급(1171) 전라남도 교육감
* 1996.12.17. 현직연구원 현장개선연구대회 3등급(9253) 전라남도 교육감
* 1997.09.20. 현장교육연구대회 3등급(90-621) 전라남도 교육회장
* 1998.12.30. 자기교육활동요청평가 3등급(9591) 전남 교육감
* 2001.08.13. 공명선거표어공모전 가작(7) 전남 선거관리 위원장
* 2001.12.12. 자기교육활동요청평가 2등급(10541) 전남

교육감

* 2001.11.09. 초등교육과정편성 거점직무연수 우수상(89 3) 전라남도 교육연수원장
* 2002.11.25. 제1회 전남교육정보망 사이버 행사 사이버사진전 은상(201) 전라남도 교육과학연구원장
* 2004.12.24. 실력전남 교육활동 요청평가 실천연구대회 3등급(12201) 전라남도 교육감
* 1977.07.04. 표창장 시범수업공개회 음악 우수교사(326 5) 장흥군 교육청
* 1977.07.08. 표창장 교원과학기술기능실기대회 물리실험부 유공교원(319) 장흥 교육장
* 1985.07.13. 표창장 과학교육전람회 유공교원(7293) 화순 교육장
* 1990.05.15. 표창장 스승의날 기념 유공교원(2159) 전남 교육감
* 1991.12.06. 표창장 학교 학급 신문 및 문집 비교 전시회 학급문집부문 은상(3529) 화순교육장
* 1992.12.31. 표창장 학교 학급 신문 및 문집 비교 전시회 학급문집부문 우수상(11275) 화순교육장
* 1995.04.21. 표창장 과학교육 유공교(433) 교육부 장관
* 1998.12.30. 표창장 교육청역점사업 추진 실적 유공교원(10458) 담양 교육장
* 2006.05.15. 표창장 스승의 날 기념 교육공로상(06428 6) 한국교원단체 총연합회장
* 1993.10.25. 공로패 학생 교육과 지역사회 발전에 공헌(414) 화순군 교육연합회장

* 2005.03.01. 임명장 초등학교 교장(임용기간 2008.03.0
  1~2008.02.29.) 대통령
* 2008.02.28. 훈장증 교육자로 재직한 공훈 황조근정훈
  장 대통령
* 2008.02.22. 감사패 회진초등학교 제19대 회장 교사
  전면 개축 및 재배치 사업 유공 교원. 회진초등학교
  장 총동찬회장
* 2008.02.29. 송공패. 정년퇴직. 전라남도 장흥교육청
  교육장
* 2010.03.30. 감사패 회진초등학교 교사 전면 개축 및
  재배치 사업 유공 교원. 회진초등학교장 제20대 교장

■ 신앙 관련 수상 실적
* 2001.01.08. 공로패 광주노회 중고등부 제14대 연합회
  장. 대한예수교 장로회 교회학교 중고등부 전국연합회장
* 2002.02.22. 모범교사패 교회학교 중고등부 교사(전국연
  27-84) 대한예수교 교회학교 중고등부 전국연합회장
* 2012.08.22. 모범회원장 남선교회 발전에 기여(71-03
  1) 대한예수교 장로회 남선교회 전국연합회장
* 2013.11.20. 봉사대상 대한예수교장로회 봉사대상 금장
  (72-107) 대한예수교 장로회 남선교회 전국연합회장

■ 문학 관련 수상 실적
* 2012.10.25. 제27회 광주시민백일장 대회. 산문부 장려
  상. 광주문인협회 회장
* 2015.10.30. 한글날 기념 제5회 어르신 다문화 가족

작품 공모. 장려상(0103) 광주광역시서구문화원장

* 2015.10.08. 영광 불갑사상사화축제 기념 시수필 인터 넷 공모전. 동상(2015-008) ㈜ 영광21신문사장

* 2016.06.25. 제8호 가오문학상. 수필부문 대상(수상작, 수필 「장모님의 유산」). 월간 한비문학 문학상 운영 위원회 한비문학 발행인

* 2018.12.08. 동산문학 나들이 문학상 작품상(수상작, 시 「떡」) 동산문학 작가회 회장

* 2019.10.04. 이청준 소설 창작현장 기행문 공모전. 우 수상(수상작, 수필 「이청준 생가 탐방」) 이청준 기념 사업회장

* 2022.11.01. 2022 대한민국 국향대정 공모전. 장려상 (수상작, 「아버지와 국화」) 함평군수

* 2022.12.08. 제4회 동산작가문학상. 산문부문 대상(수상 작, 수필 「나의 가마솥 세대」) 계간 동산문학 발행인

* 2020.02.07. 임명장 광주광역시 문인협회 편집위원(20 -114) 광주광역시문인협회 회장

* 2020.12.12. 공로장 동산문학작가회 사무국장 2회 계 간. 동산문학 발행인

* 2024.12.07. 감사패 동산문학작가회 제6대 회장(임기 2023~2024) 동산문학 작가회 회원 일동

이름

고병균은 본명 외에 몇 개의 이름이 있다. 정년퇴직할 때 얻은 '평화'라는 호가 있고, 문학 활동 중에 얻은 '청심'이란 필명도 있다.

이 외에 가상 공간에서 사용하는 이름 'gosari-46'이 있다. 읽으면 '고사리-46'이 된다.

'고사리'는 나의 성 '고'에 '사리'를 붙여 지은 이름인데 산나물 고사리가 연상된다.

'사리'에는 여러 가지 뜻이 있다. 그중에 한자 舍利 또는 奢利로 쓰는 불교 용어가 있다. 그 뜻은 ① 부처나 성자의 유골 ② 부처의 법신法身의 자취인 경전經典 등 두 가지다.

'고사리'는 이런 의미를 갖지 않는다. 다만 영문자로 표현하기 쉽고, 부르기 쉽기에 지었을 뿐이며, 가상 공간에서만 사용한다.

본명은 '병균'이다 작명가에게 부탁하여 지은 이름인데, 처음 듣는 사람에게 거부감을 준다. 하지만 이것을 한자로 쓰면 '잡을 병秉', '고를 균均'이다.

그런 이유로 초등학교에서 근무하는 동안 '고르게 잡는다.'라는 의미를 부여하고 그 가치를 실현하려 노력해왔다. 그런 삶은 '어느 쪽으로나 치우침이 없이 올바르며 변함이 없다'라는 '중용의 도'를 지키려는 것과 같았다. 신앙생활을 시작한 후에 안 일이지만 '좌로나 우로나 치우치지 말라'는 성경의 가르침을 실천하는 것과 일치했다.

'고르게 잡는다'라는 가치를 부여한 나의 삶은 교육 현장에서 발생하는 갈등을 예방하고, 해소하는 최고의 방법이었다. 그 삶의 성과는 놀라웠다. 20여 년 전, 교감으로 근무한 순천의 모 초등학교에서는 '체육관 건축비' 8억 원을 확보하였고, 16년 전, 교장으로 근무한 장흥의 모 초등학교에서는 학부모가 부담하는 학교 교육비 100% 완납이라는 성과를 거두었으며,(수필 「세상에 이런 일이」에서 소개) '학교 교사 전면 개축 및 재배치 사업비' 32억 원을 확보한 바 있다.(수필 「장모님의 유산」에서 소개)

이제 내 나이 80을 바라본다. 남은 생애에도 '고르게 잡는다'는 본명의 가치를 지키려 한다. '중용의 도'를 실천하고, '좌로나 우로나 치우치지 말라.'는 성경의 가르침을 따르려 한다. 그렇게 하면서 나에게 일어나는 일에 감격하고 감사하며 살려 한다. 지극히 소소한 일이라도 그리하며 살려고 한다.

세상에 이런 일이 – 고병균 수필집

초판 1쇄 찍은 날 | 2025년 01월 24일
초판 1쇄 펴낸 날 | 2025년 02월 03일

지은이 | 고 병 균
펴낸이 | 최 봉 석
디자인 | 정 일 기
펴낸곳 | 동산문학사
출판 등록 | 제611-82-66472호
주소 | 광주광역시 남구 대남대로 340, 4층(월산동)
전화 | (062)233-0803
팩스 | (062)233-0806
이메일 | dsmunhak@hanmail.net

값 16,000원

ISBN 979-11-94249-12-2 03810